TSUIHOU SARETA YUUSHA NO TATEWA
INJA NO INU NI NARIMASHITA.

追放された勇者の盾は、隠者の犬になりました 2

TSUIHOU SARETA YUUSHA NO TATEWA
INJA NO INU NI NARIMASHITA.

家具付

TOブックス

目次

イラスト・姐川　デザイン・舘山一大

TSUIHOU SARETA YUUSHA NO TATEWA
INJA NO INU NI NARIMASHITA.

人物紹介

盾師——

勇者に、オーガとの混血の役立たずとチームを追い出される。だが実際は昔気質の有能な盾師であり、実力を示すタブレットは最高峰の金剛石クラスの女である。面倒見がよくお人好し。今は命の恩人である、「お兄さん」の番犬がわりをしている、「お兄さん」は、恩人であり契約者であり、放っておけない存在である。名前がない。

隠者——

盾師の「お兄さん」。盾師を何かと特別扱いしている。昔複雑な事情からか、世界を破滅できる「寒空の祝福」という物を体に封印したらしい。数多の権力者さえ、下手にでるほどの存在である。世捨て人だからか、冷めた言動も見られる。実力は並外れて高い魔術を使い、装備品さえ伝説級。

聖騎士——

以前盾師に救われ、仲間になった剣士。魔法はからっきしだが、居合い術は到達者級の実力を持つ。混血の盾師を、チームで唯一対等に扱っていた。その後実力から、戦神の聖域で修行を行うことになり、聖騎士にまで登り詰める。義理堅く誠実な性格をしており、常に盾師の味方でもある。盾師からは絶対の信頼を得ているが、振られた。しかし険悪な関係にはならない模様。

マイク——

頼もしいギルドの受付。むさ苦しいからか、他の美女な受付より人気はないが、あらゆる局面で便りになる。昔相当な腕前の冒険者だったが、足をやられて引退した。

寒空の祝福——

世界を浄化する代わりに、人間を凍死させてしまう驚異の力。意思があるらしく、「お兄さん」の中に封じられている。少し封印が緩むだけで、周囲を極寒の世界に変貌させてしまうようだ。

第一章　傍迷惑のあとは

その一瞬で見事にお互いの時が止まったのが、おれでもわかった。

それくらいに、お兄さんの動きが止まったのだ。

相手を見て、いつになく目を見開いて、驚きをあらわにしている。

そしてお嬢さんの方も、目を見開き、驚いている。

やっぱり人違いだったのだろうか、しかしそれにしてはお兄さんの表情の理由が、わからない。

「カルロス様」

沈黙を破るように、お嬢さんが小さく呟いたと思ったら、予想だにしないくらいの力で突き飛ばされて、おれは地面に転がった。

彼女は俺の事なんて無視してそのまま、お兄さんに抱きついたのだ。

「ああ、カルロス様、私は貴方様が生きていると信じておりましたのよ！　みなカルロス様は死んだのだと嘘ばかりを言って！　ああ、カルロス様……」

それはただならぬ仲だった事が、おれでもわかる口調だった。

この人は何者なのだろう。

そう思いながらも、おれのどこかが苦くて酸っぱい。嫌な気分になる物が喉《のど》の奥からせりあがる。

それでも砂地に転がっているわけにはいかないから、よっくらせと起き上がれば、彼女は抱きついている相手に、熱心に言い出し始めた。

「カルロス様、王宮に戻りましょう。貴方様を皆待っております、貴方様が罪びとだなんてもう、誰も思っておりません！　貴方様を騙し陥《おとしい》れたあのものは、しっかりと罰を受けております！」

「……」

お兄さんが何も言わない。……言わないのだ。

それ自体が異常だった。お兄さんは嫌な事を嫌と言うし、できない事はできないと言う人のはずなのに。

沈黙するばかりって、なんなの、それは。

おにい、さん。

ねえ、なんで何も言わないの。せめて一言、このお嬢さんを追い出すか受け入れるか、言ってよ。

つまみ出すのか、もてなすのか、おれにはもう判断がつかない。

「カルロス様、私はずっとずっと貴方様が戻ってくださるのを待っていたのですよ、五年も！　しかし貴方様の名誉が晴れても、貴方様は戻っていらっしゃらない。迎えに来るしかないではありませんか？　ちょうど貴方様が帝国の三女の君の結婚式に、いらしたので、どこにいらっしゃるのかわかったので」

彼女がお兄さんをしっかりと掴《つか》んで訴えている。

感覚的にわかった。彼女はお兄さんの過去なのだ。おれが聞いた事もない何かを知っている人。

声が出ない。なんなんだろうこの、生まれだした思いは、このぐしゃりと潰されたような感情は。

お兄さんが何も言わないのが不気味で。

立ち上がったまま、何もできないでいた時。

お兄さんがおれを見た。

「子犬、客人にお茶を出してくれないか」

このお嬢さん達は、客人として相手をする事にしたらしい。

「はい」

おれは頷き、家の中に入った。お兄さんの腕に絡みつく彼女。

歩きにくそうなお兄さん。放してあげないのかな。

やかんを火にかけて手を離し、お兄さんの方を見る。

お兄さんの顔から何も、表情がうかがえなかった。

いつもだったら多少はわかるはずなのに、何もわからないのだ。

もしかして、家に招き入れてはいけない人だったのかもしれない。

いいや、余計な事を考えるのはよそう。手を動かし続け茶葉を入れて薄荷《はっか》を放り込み、数分蒸らして砂糖を入れる。

味はこれで良し、と卓に出したところ、彼女はそれを飲み、顔をしかめた。

「カルロス様、こんなまずいものを毎日お飲みに？」

「私はこれが特に気に入っているんだ、お前と違い。今日も子犬のお茶はうまい」

おれはいつでも動けるように構えていた。いざとなれば令嬢と護衛を外に放り出せるように。

「カルロス様、どうかお戻りになってくださいませ。お姉様が貴方様を裏切った事は大変申し訳ない事と、父も謝罪したいそうです」

「リャリエリーラ。私は隠者だ。どこの誰の命令も聞かない。まして謝罪するのに呼びつけようとする人間の言う事など、聞くわけもない」

そして、と言葉を続けるお兄さん。

「隠者は全てから切り離された職。お前の姉の婚約者であったカルロスは、もう、どこにもいないのだ。たとえお前たちが私を、カルロスだと言っても」

もう、どこにも、いない。

……ん？　話が合わないな。姉の婚約者？

このお嬢さん、自分がカルロスの婚約者って言わなかったっけ。

さっきの会話を頭の中で繰り返そうとした矢先、彼女が誇らしげに言った。

「カルロス様の婚約者は、私になりましたのよ。御父上同士が改めて取り決めました」

お兄さんがそれを聞いて、刹那《せつな》程度の時間、目を細めた。不愉快そうだ、つまみ出してもいいだろうか。お兄さんを不愉快にする客は、客じゃない。押しかけ迷惑だ。

立ち上がろうとしたその時、お兄さんの唇が開く。

「死んだと伝えなさい」

「えっ」

お嬢さんが目を見開く。思ってもみない事を言われたのだろう。

おれもまさか、そう来るとは考えなかった。

お兄さん、死んだ事にするの？

思い切りの良さに、改めてこの人の覚悟に似たものを見た気がする。

ふっと思い出したのは、極寒の世界。すべてが凍るあの異空間に似た時。

あれを行えてしまうから、お兄さんは自分を死んだ事にしてしまうのだろうか。

開かれた綺麗な唇が、誰も文句を言わせないほどのはっきりとした音の響きで、お嬢さんに言う。

「カルロスは死んだ。やり直しは聞かない。隠者になった私をそれで縛ろうと思っても無駄だ、リャリエリーラ。私はもう自分一人の身ですらないのだ。体の中に古い悪魔を封じている。その契約により、誰とも婚姻は結べない」

お兄さんの中に悪魔がいるなんて、初耳だな。

寒空の祝福と関係があるのだろうか。

ちょっと考えている間に、お嬢さんは下を向いた。

「そうですか……」

彼女がその格好のまま、納得したように言って、そして小さく言った。

「ですが貴方様の父上は、何が何でも貴方様を連れて来いとおっしゃいました。この命を守れないのは恥。強引にでも一緒に来ていただきます」

荒っぽい事になりそうだな、とおれが立ち上がったその時だ。

彼女が手の中に隠していた物を、床に力いっぱい叩きつけた。

途端にすさまじい刺激臭が漂い、ぎょっとした。この匂いを知っている。

これは、引火《いんか》性の高い、そして蒸発性もめちゃくちゃ高い、とある魔物の体液を、煮詰めたものだ。

こんな物がこんな狭い家にぶちまけられたら！

おれの予想通りの事が起き、台所の熾火《おきび》に、空気に混ざったそれが燃え移る。

爆音。

おれが匂いを認識したと思ったらそれが起き、なにか身動きなんてする余裕がなかった。

立て続けに炸裂するすさまじい音、そして。

爆発に耐え切れなかった家が、おれの真上に崩れてきた。

「！」

一連の出来事に驚きすぎて、頭がよく回らなかった。

そのせいで、自分を守るのに精いっぱいで、とっさにデュエルシールドを自分の上にかざす事しかできなくて。

かざしてそこで、はっとした。

お兄さん！

お兄さんの事に思い至るまでに数秒、でも相手は元々荒っぽい手段を想定していたらしいお嬢さんで、たぶんこうなった時の行動を決めている。

動かなければ、お兄さんを、お兄さんを。

デュエルシールドを頭上にかざしていたのが、次の動きに移る際にすごく邪魔になった。

どう頑張っても、片手はその姿勢を維持しなければならないのだ。火の粉やらがれきやらから、自分を庇《かば》うために。

視線を周りに走らせようとして、煙を吸い込み過ぎて肺がよじれた。

あまりにもそれが苦しくて、せき込んでいるうちに、燃える家は限界に達したのだ。

デュエルシールドにずしん、と色々な重さが加わる。

やばい、姿勢が維持できない。息が苦しい！

「っ」

「こんな魅力のない泥棒猫《どろぼうねこ》をかわいがるほど、お寂しかったのですね、もう一人にはいたしませんわ」

彼女の声が、入口の方で聞こえ、せき込むおれは燃えて崩れる家の下敷きになった。

立つ姿勢が維持できなかったから、しゃがみ込んで、口を押さえていた片手も、大盾を支える方に回す。視界が真っ暗……。

一瞬だけ命が無くなる気がしたものの、おれの感覚や経験はそれくらいでは命を手放さなかったらしい。さらに言えば、デュエルシールドは耐火の性能も抜群だったみたいだ。

すっぽり覆っておれを守ったわけだ。

他にも、家の造りがかなり単純な、沙漠の家としてよくある造りだったのも幸いだった。

石壁とかだったら、生き埋めになっていただろう。生き埋め状態から、脱するのはおれでも難しい。まず、空気の確保の問題がある。

いくら馬鹿力でも、空気なければ本領なんて発揮できないんだからな。窒息状態で動くのはとても難しい。

「この重さだったら……立ち上がれそうだな、このままでも」

頭上の重さをちょっと測って、いけそうだと判断し、なんとかしゃがみ込んだ体勢から、立ち上がれば、途端に体中灰や煤にまみれた。くしゃみが何度も何度も出る。

くっそあのお嬢さん、信じらんねえ！　人様の家燃やすか、普通の神経でさぁ⁉

あんたの婚約者の家だろ、印象最悪にしてどうすんだ、それとも言いくるめられるって思ったのか？　お兄さんだぞ⁉　沙漠の隠者だぞ⁉

そうして無事……とは言いがたいかもしれないけれども、家の残骸《ざんがい》から出る事ができたわけだ。

高機能な外套《がいとう》と頼もしいデュエルシールドのおかげで助かったわけだ、ああよかった。

そしてその頃にはもう、令嬢たちは姿をくらましていたのだ。

相手の気配がどこにも感じられないのを、しっかり判断してから火の粉を払う。

向こうさんはおれの事を結構嫌ってそうだから、生きていれば護衛とかがいらん事をするかもしれないからだ。

気配がなければ、火の粉を払う余裕がある。

「えらい目に遭った……お兄さんは大丈夫かな……」

あんな状態だったら、強引に引っ張っていかれていそうだ。

探しに行くのは早い方がいい、まだ足跡とか砂に残っているかな？

砂漠での捜索は、風が色々左右する。風で足跡消えるし。

何をするか、順番を決めていると、誰かに呼びかけられた気がした。

「ん？」

「子犬。大丈夫も何も、ここにいるが」

「えっ」

火の粉を払いながらのつぶやきに答えたのは、聞き慣れた声だった。

そっちを見ればお兄さんも、結構乱雑な調子で火の粉を自分から払い落としていた。

「まさかあんなものを取り出してくるとは、過激もいい所だ、子犬、怪我はないか？」

十分に火の粉を払ったとは思えない、実に雑な払い方だったのに、お兄さんはおれに手を伸ばしてきた。

一回、きゅうと抱きしめられて、頭の形を確認するみたいに、するりと手のひら全体で撫でられて、何か異常がないか確かめるように、肩とか背中とかを、軽く叩かれる。

そして体が離れて、視界の中のおれに、問題らしきものがあったんだろう。

指が伸びる。おでこやほっぺたに、お兄さんの手がこすりつけられた。

瞬間的に、冷たい気がしたから、もしかしたら、おれはそう言ったむき出しの場所に、火傷《やけど》を負っていたのかもしれない。

それよりも、お兄さんの方が気になった。

「お兄さん連れていかれたんじゃないの」

言っていて、なんか矛盾してないか、この言い方と自分でも思った。

連れていかれたら、会話できないだろ、おれ……。

だがおれの変な言い方を綺麗にスルーして、お兄さんが、ちょっと疲れたようにおれの頭に自分の頭を乗せた。

「あの程度の事で身の自由を奪われるわけがないだろう。手を握られた瞬間に幻覚を見せて、傀儡《くぐつ》一つで騙しとおせる」

「騙せちゃうんですか、さすがお兄さん」

「お前のお兄さんは、割といろいろ詳しいからな」

煤が目に入ったのか、顔を離した、少し涙目のお兄さんは自信ありげにそう言った。

そしてとても残念そうな顔で、燃えていく家を見つめる。

「この家もかなり気に入っていたのだがな。こう跡形《あとかた》もなく燃やされては困ったものだ」

そこまで言ってから、おれの腕をつかみ引き寄せて、上から下まで検分する。

「先ほども確認したが、先ほど以上に大した問題もなさそうだ、お前は本当に運がいい。あの体液の引き起こす爆発は、相当始末が悪い時があるからな」

「悪い時はどうなりますか？」

「聞きたいのか」

「今後のために。お兄さんを守れるようにですよ」

だって、知っていれば、守り方を考えられるんだ。

おれはあの液体を、実際に体感した事がなかったから、さっきは出遅れたんだ。次は遅れない。そう決めた。

って、お兄さんなんでそこで、しょうがない子を見る目で笑うのだ。

笑ったお兄さんが、次には真顔で教えてくれた。

「体のなかで爆発を起こして、体の内部からぐちゃぐちゃになる。あれは布で口や鼻を覆うだけで防げるがな」

思った以上にえげつない！　あのお嬢さんそんな物、お兄さんの家に叩きつけたのか⁉

何度目かわからないけど、しんじらんねえ神経！

「子犬が、助けられないほど中身をぐちゃぐちゃにしてない事、これは私にとって幸運を使い切りそうな運の良さだ」

「しゃがんだからじゃないですか？」

「ああ、そうかもしれないな。あれは空気より軽いから、地面に近い方が吸い込まなくて済む」

おれの煤けた頬に触る手は、やっぱりいつものお兄さんと同じだけ優しかった。

しばらく燃えた家を見ていたお兄さんは、さて、と区切りをつけるように提案する。

「アシュレにでも行くか。ここに長居をしていれば、もしかしたら目のいい輩《やから》に気付かれてしまう。

……すでにここが燃え尽きた事で、作り上げた浄化の回路が乱れてしまった」

「浄化の回路って？」

「世界には、自然に浄化されない場所がいくつかある。〝寒空の祝福〟だけが浄化していた場所がな。ここもそれの一つだ。私は、先代たちがしなかった義務を果たしているだけだ」

先代？　お兄さんに先代っているの？

聞きたかった。お兄さんにその力を継がせた人の話。

でもお兄さんは、それ以上言わない空気で立っている。

ああ、これは聞いてはいけないな。

何となく察した事は、そんなものだった。

「さあ、行こう。日が暮れる前がいいだろう。日が暮れると、私は明かりをともさなければ周りが見えない」

そう言いつつお兄さんが、おれの手を取って歩き始めた。

◇◇◇◇◇

「どこの宿を紹介してもらうか、そこが悩みどころか」

悩んでいなさそうなのに、お兄さんはそんな事を口にしていた。

オアシスは、あんな爆発があっても他人事、と言いたそうな空気で、いろんな生き物が動いている。

お兄さんは、さっきから道じゃない場所を歩いている。いつもは道を歩いてるのに。

オアシスに道があるって何だって？　お兄さんが、ささやかに石をならべた道だよ。

うんと前に、家からオアシスの出口までに道が欲しくて、石を転がしたんだ。

でも、砂のなかのそれは、しっかり見なければ、道だってわからない。

おれを連れて出入りする回数が増えたからか、道っぽくなってきた通路だ。

おれが藪《やぶ》を切り開いたりするからだろうな。あと重たい盾を持って歩くから、その分地面が踏みしめられて草が、生えにくい。

「あれはとりあえず目的を達成した、しばらく来ないだろう」

おれはお兄さんの手を握りながら、騙されたあの令嬢が、そう簡単にあきらめる性格じゃないだろう、となんとなく感じていた。

冒険者は困った時に、街のギルドを頼る。お兄さんも一応そのくくりの中にいるのか、目指したのはギルドだった。

マイクおじさんが今日も暇そうに受付をしていたから、二人でそこに行く。

「やれどうした、凡骨《ぼんこつ》に隠者殿。なんか煤《すす》けてないか？」

頭の先から足元まで、不審そうに見たマイクおじさん。確かに煤だよ、家燃やされたからさ！

おれが言う前に、お兄さんが口を開いた。

「困り果てた事に、公国の令嬢に家を爆破されてしまってなぁ」

大した事なさそうな言い方だけど、中身は飛び切りぶっ飛んでいる。

他人だったら、それで済まされる話題じゃねえからな、と言いたくなる言葉たちだ。

しかしこれはお兄さんの言葉である。

お兄さんはよっぽどの事でないと、大した事と認定しないらしいから、これが基本なのだ。

それでも、マイクおじさんがこの言葉にたっぷり五秒は固まった。何を言われたのか理解できなかったんだろう。

第三者の言葉で言いなおすと、こうなる。

砂の神殿も一目置く、〝寒空の祝福〟を体のなかに宿す隠者の家を、ただの公国の令嬢が爆破した。となる。

〝寒空の祝福〟が、世界にもたらす影響は計り知れない事を考えれば、信じ難い暴挙だ。

それのせいで、百年前まで人間は、冬におびえて暮らしていたのだから。

マイクおじさんが、理解不能の顔になっても、おかしくないだろう?

こんな、喧嘩《けんか》を売ったら即座に破滅しそうな相手の家を、爆破だもの。

一般的な、良識ある人間はそんな事は、考え難《がた》いだろう。

「まじで?」

話の中身が普通じゃないから、マイクおじさんが身を乗り出して、やや小さな声で確認してくる。

信憑《しんぴょう》性を確認したくなるのも、わからないでもない。

だがおれも事実だから頷いた。

「そうなんだよ、マイクおじさん。すごい過激なお嬢さんでさ、お兄さんが一緒に来ないってわかるや否や、無茶苦茶したんだ」

中身をもうちょっと詳しく話すと、受付の向こうで思い切り眉間《みけん》にしわが寄られる。

「沙漠の聖者の家だぞ、砂の神殿に知られてみろ、大騒ぎだ……というか各国に散らばっている神殿に知られれば、その後を考えたくないような大問題だぞ」

やっぱりその認識でいいんだ。

あの公国のお嬢さん、本当に頭が悪かったんだな。

それともお兄さんがそんな立場だって、思いもしなかったのだろうか。

でも……お兄さんを探したのなら、お兄さんの身分とか色々、知っていないとできない事だと思うんだが。

あのお嬢さん、どんな風に探したんだろう。そしてどんな風にお兄さんの事を聞いて尋ねたんだろう。

おれが考えてもわからない事だ。おれはあの頭のおかしいお嬢さんじゃないんだから。

マイクおじさんの言葉に、肩をすくめて答える。

「でも吹っ飛ばされたものは、吹っ飛ばされたんだぜ。マイクおじさん、しばらく滞在できるような住居紹介できない？」

「まあ、紹介しないと大変だがな……どこに空きがあったか」

蒼褪《あおざ》めているのか青白くなっているのか、微妙な顔色のマイクおじさんが、それでも受付としての仕事をし始める。

大きなファイルにたっぷり挟んである、これは何の紙の束だろう。

「これ何？」

「これはギルドが所有する不動産の書類だ。このハンコが押してある物件は、すでに人が入っている印で、ない所は空いているわけだ」

「そんなにたくさん、空きはないんだ」

ハンコの押してある紙ばっかりだ。空き物件少ないんだな。

「まあそうだな、ギルド所有の建物に住みたがる冒険者はいつだっている。何しろ家賃の滞納《たいのう》とかの時に、助けてもらいやすいからな」

束を見て、マイクおじさんが空き物件を探しながら教えてくれる。

「助けてもらいやすいんだ」

何で？　どこをどうやって、家賃の滞納を大目に見てもらうの。

「身元を押さえられているようなものだからな。仕事状況だのなんだのが、筒抜け。おまけにひどい病気や怪我をしている場合、ギルドに申請を出しておけば、それまでの素行《そこう》にもよるが、ちょっとは見舞金を出してくれる」

「すげえ、おれ出してもらった事が無い」

「あの連中が、お前の事を申請していたと思うか？　まったく、アリーズなんかお前と最初は二人だった癖に、仲間が増えた途端お前の扱いをひどくしやがって」

「……本人は、責任を持つようになったからしっかりしたんだって言ったけど」

「そんなわけあるか。人間、天狗《てんぐ》になるとああなるっていう典型的な見本みたいなくそ野郎だった」

マイクおじさんの続けた言葉は、アリーズを盛大に罵っている。

おれは一瞬何も言えなくなった。記憶の中の、明るくて能天気で、前向きのお人よしだった頃のアリーズの、笑顔が思い浮かんだせいだ。

耳のなかに、その当時の呼びかけの、何処《どこ》か甘ったれた、でも絶対の信頼を見せる声が蘇《よみがえ》る。

『たーてーし！』

ぬくもりと言う物が、形をとったらこんな形、と言いたくなるような、何を差し置いてもかなわないだろうと思うような、楽しそうな笑顔が、いつもセットだった。

『たーてーし！』

思い出してしまった、あまりにも柔らかい日向《ひなた》の声が、胸をかきむしる。

顔中にすごいすごいという思いを浮かべて、陽だまりの音が言い出す。

『あんた本当にすごいやつだな！　僕は運がいい！』

鈍痛《どんつう》が、胸の奥でうずいている。痛いと気付くのにとても時間がかかる、そういう痛み方で。ああ……まだ痛いのか。あの頃の事をこれっぱかり思い出しただけで、こんなに内臓のあたりをかきむしるような苦しさを覚える。痛いというものだと、たぶん思うだけで実際は違うのかもしれない感覚だ。

……勇者アリーズは、へっぽこ勇者で、装備らしい装備もなしに旅に出て、死にかけていた。偶然おれが拾ってからしばらくは、一人にしておくのが危ないような、能天気さだった。

そして騙されやすくて、でも騙されてもあまり根に持たず、これで学習する！　と胸を張る、何処か頭のネジが変な方向に巻かれている奴だった。

アシュレまで一緒に歩いて、たくさんの夜を超えて、ギルドに一緒に登録した。とりあえず勇者だし、書類手続き全部やらせてしまったから、あいつがリーダーという事にした。

最初は二人制で、どんどん階級が上がっていくアリーズと、上がらないおれと。

周りは色々言ったけれども、どっちもそれを気にした事が無かった。階級という物に、意味を見出してなかったんだ、当時。

もしかしたら、アリーズはおれが疑問に思うようになったら、説明するつもりだったのかもしれない。

ギルド内での階級を気にした事なんて、その頃はなかったんだ。

変わったのは、アリーズのミッション達成の成績の良さから、新しくミシェルとマーサが加わってからだった。

アリーズは、仲間が増えた事、リーダーになった事からがらりと性格が変わって、しっかりしているというか、真面目になったというか、とにかく変わった。

二人だけだった頃の、能天気な、大丈夫大丈夫と言う気質はなくなった。

『お前変わったな』

『当たり前だろう、仲間が増えて責任も増えた。お前のように、気にしなくても死なない奴じゃないからな、あの二人は』

いつかに投げかけた言葉に対しての返答は、それだった。

おれと一緒だった頃のあいつは、もういないのかもしれない、それとも虫が脱皮して、全く違う生き物になるように、アリーズは一皮むけて成長したのか。

そんな風に思うようにして、さみしいな、とか、前のあいつの方がよかったな、とか思わないようにしていた。

そして、おれがシャリアに仲間にならないか声をかけて、実はあの時結構もめた。シャリアは知らないだろうけれど、他の三人が難点を示したのだ。

『こちらの二人は帝国の神殿の紹介だが、そのシャリアは身元が怪しいだろう』

あの時のアリーズの顔は、覚えている限りの中で一番ひどい顔だった。

お前そんな事で、人を図るやつじゃなかっただろ。

『怪しくないだろ、履歴ちゃんとしてるってマイクおじさん言ってたし。それに腕前が相当いいぜ、おれたちを助けてくれると思う。遠距離魔法は、おれらの誰も覚えてないだろ、マーサは回復の方専門だし。ミシェルは肉弾戦の方だし』

『まあ、いう事はもっともですね。アリーズ、試しに入れて見て、危なそうだったら話し合って出ていってもらいましょう』

『まあ魔法使いがいるのは、いい事だものね』

そんなやり取りがあった。一晩話し合ったんだ、あの時。

でもそんな物、シャリアは知らないだろう。

……ああ、まだ、思いきれていない。忘れきれない。懐かしい過去とも認識できない。

いまだ、おれのどこかで血がにじんでいる、じくじく痛むもの。

おれのくせに、割り切れないなんて失態だな。

そんな事を思っている間に、マイクおじさんは当面の場所を見つけたらしい。

「住居を追い出された相手の手配はよくあるんだが……あまりにもずさんな計画の人さらいの令嬢だな……とりあえずの宿の紹介状は用意できた」

差し出された書類。出されるギルド認定の紹介状。これがあれば宿に長期滞在できる。

お兄さんは壁一面に張り出されている、怪しいのから楽なのから、玉石混交の依頼を眺めていた。

「マイク、公国の内情を知っていそうな情報売りは誰が一番だ」

眺《なが》めていたお兄さんが、こっちを見て問いかけてくる。何か思うところがあるようだ。あのお嬢さんも何か色々言っていたから、そこの情報を手に入れたいのかもしれない。

「胡蝶《こちょう》のが詳しいだろう、あいつは東の事をよく手に入れるからな」

「胡蝶のは同じ家にまだいるのか」

「目くらましは一層磨きがかかってるけどな」

どうやら情報売りの、胡蝶という二つ名の人に聞く事になったらしい。

宿の確保もできたから、さっそくそこを訪ねるのかなと、思いつつおれは話し込み始めたマイクおじさんとお兄さんの近くで、素材を売る事にした。

割とカウンターに積みあがる、素材の数々。

しょうがないのだ、お兄さんが出かけない限り、街に降りないおれは、たとえたくさん素材を持っていても、なかなか下ろしに来られないのだ。

幾つかを確認して、ひげの長いおじさんが、細かい所まで確認し始める。これで、ずさんな物を出すと、すさまじい声で怒鳴られるのだ。

おれはないけど、隣のカウンターで響き渡る時があって、うへえ……ああやって怒鳴られたくないな、といつも思っていた。

「それにしても処理が上手なんだな、ここまで上手だと職人の出る幕がない」

仕事をとっているようなもんだな、なんて苦笑いをしながらも、正規の値段で買い取ってくれる担当の小柄なおじさん。人としては、結構小さい。子供みたいだ。

もしかして。

「おじさん、もしかして土小人族？」

「なんだ、知らなかったのか？　俺たちは元々、狭い洞窟《どうくつ》を住処《すみか》にする種族だから、こんな大人でも背丈が小さいのさ」

「今更だけど、これまでは単純に背が小さいのだとばかり」

この言葉に、おじさんは納得したように頷《うなず》いた。

「ああ、あんた人間しかいない所から来たんだな？　アシュレの異種族の多さをまだしっかり見てないとみた」

人間しかいない所じゃないんだな。その言葉に首を縦に振って返す。

「オーガとハイエルフは見た事があるんだけど、それ以外は見た事ないし、この前初めて、アシュレの北区では、どんな種族も人間に見えるんだって知らされたんだ、びっくりしたんだぜ、そんな事ができる誰かの技術も、精度も」

北区という巨大な街一つ分の領域に、誰かれもを誤魔化《ごまか》し通してしまうだけの幻術をかけられる誰かさんの技術と精度は、はっきりいって普通じゃない。

天才とか言われる次元を飛び越えるような、信じられない技なのだ。

「おおっと、それはびっくりしただろ、オーガもハイエルフも、割と人間よりの見た目してっからなぁ。さてはあんた、俺らみたいに背丈ですでに人間と大違い、なんて奴らも、個性だと思ってた口だな？」

苦笑いしてしまう。それなのだ。個性なのだと思い込んでいた。

「見る目がないと言われてもしょうがないんだけどさ、そうだよ、ただ背丈が小さいだけだと思ってた」

くひひ、と笑った土小人のおじさんは、にやりとした笑顔で続ける。

「まあ種族の差なんてその程度の考えでいれば、アシュレでは平穏に暮らせるぜ、覚えておきな凡骨くん」

「うん。これから新しい環境になるわけだし、覚えておく」

彼はしゃべりながらも、おれの持ってきた素材を確認しおえて、品質がいいと太鼓判を押してくれた。

「これだけいい物がそろってりゃあ、うちのギルドと取引してくれる職人連中も喜ぶさ。なんでもあいつら最近やっと、高位素材を売ってくれる冒険者と、取引ができるようになったらしくってな、一般素材も買い込み始めたんだ」

「関係性がわからないんだけど」

なんで高位素材を売ってもらうと、一般素材も買い込むようになるんだ？　首をひねって考えても、答えらしいものが出てこない。何でだろう、どうして？　そんな疑問は、背後からかけられた声で一端脇に置かれた。

「盾師、どうしたんだ、その顔も体も、煤塗《すすまみ》れで」

やや忙しない金属の音を立てて、足早に近付いてきた男がいたからだ。

その顔を見て、本当に驚いてしまった。

「剣士」

剣士……今では聖騎士と言う、上位職になった元仲間。おれがオーガとの混血だと知っても、態度を変えず接してくれた、誇り高い男が、驚いた顔を隠しもしない。

綺麗な若草色の瞳が、命が芽吹く色の両目が見開かれている。

そしてだしぬけに手を伸ばしてきて、その指先がかすったところに、思い切り痛みが走った。

「いっ！」

思った以上に痛かった。お兄さん治したんじゃなかったの⁉

もしかして、応急処置で冷やしただけ？　もしやお兄さんの治癒の道具も、あの爆発で燃やされたのだろうか。

それならお兄さんだって、応急処置しかできないよな……と思っていた所で。

「ひどい顔だ。火傷も治り切っていない。少し待ってくれ」

おれが前に、一緒に二人制は組めない、相棒にはなれない、と言った男が、こっちの反応をまるで無視して、本当に心配そうな顔で、道具袋の中を探し始めた。

そしてすぐさま目的の物を見つけたらしくて、声をかけてくる。

「まずは顔を拭いて。傷の範囲を確認する。痛かったらいってくれ。できる限り丁寧に行う」

「そこまでしなくたって、そのうち治るだろ」

「だめだ。……こういう言い方ではよくないな。やらせてくれ、盾師」

一遍《いっぺん》きっぱり言ったくせに、ちょっと困った顔で剣士がお願いしてくる。

まあ、やってもらえるならいいのかもしれない。おれは椅子に座り直す。

「んじゃ頼むわ」

「ところで隠者殿はどちらに」

「あっちでマイクおじさんと喋ってる」

剣士がおれの顔を、一番柔らかくなるくらい使い込んだ布で拭う。おい、拭うために使ってんの度数のきつい酒だろ。

すっげえしみるんだけど。文句を言おうにも、あんまりにも真剣にやられて何も言えない。

……あ、この酒もしかして消毒か？

剣士は魔法のまの字も使えなかったもんな、今でも使えないのか。

そんな事を思っている間に、顔を丁寧に、拭うと言うより触るくらいの感じで綺麗にして、剣士は顔をしかめた。

「考えていた以上に、火傷の範囲が広すぎる。体の方は大丈夫か？」

「体の方は防具で覆《おお》ってたから大丈夫だけど、そんなやばい？」

「このまま放置すれば、痣《あざ》が残るとわかるほどだ」

剣士の指がおれの前髪をあげて、おでことかもよく見る。

そしてやっぱり不愉快そうな顔になった。

「少し痛いだろうが、我慢してくれないか」

言いつつ、その指が鎧《よろい》の胸のあたりに入れられていた……軟膏らしき物を塗り始める。

火傷は触るだけで結構痛いと言う物だから、言われた通りに痛かった。

「やってもらっても、相棒にはなれないぞ」

「なれなくてもかまうか。俺はお前が痛いのがとても嫌なだけだ。……大事な相手が痛いのがうれしいなんて、そんなわけないだろう？」

「まだ大事なのかよ。相棒になるってのはかないっこないだろ」

番犬と言う契約を、お兄さんと続ける限り、剣士……ディオクレティアヌスが願った関係にはなれない。

終《つい》の相棒ってやつも無理だ。と思う。それだけ心配して、それだけ思ってくれているのに、絶対に無理強いしない相手に、中途半端な事はできやしない。

真剣にそう言ったのに、相手は軟膏を塗る手を止めないで言う。

「それとこれとは、次元が違うだろう。俺の望みがかなわない事と、盾師に痛い思いをしてほしくないと言う事は、話が全く違うものだ」

……おれが等価交換とか言われているような奴や、ただもらうだけの物に慣れていないだけなのだろうか。

なんか、すっげえ事を言われた感じはする。

話の方向を変えるべく、おれは土小人のおっちゃんに声をかけた。

「そうだ、なんで一般素材も買い込むようになったんだ、職人ギルドの方」

「高位素材だけでは、武器も何も作れないだろう、子犬」

「わっ、お兄さんいつの間に。マイクおじさんと話し終わった？」

脇から、いつも通りの声が答えを教えてくれる。でも、さっきまでマイクおじさんと話していて、話が終わった気配もなかったから、脇から喋られてびっくりした。

お兄さんは、剣士が軟膏を塗り終わったあたりで、柔らかく頭を下げた。

「世話をかけてしまうな」

「それは構わない。俺が好きで行っている事だからだ。だが隠者殿、あなたの番犬を傷だらけにしておくのが、あなたの趣味ならば、俺は厳重に抗議をしなければならない」

剣士が少し目を細めて、やや睨むように言う。それを受け流して、お兄さんが答える。

「私の凍てる癒《い》の術は、力の微調整の難しいものであるが故、それ用の道具を使用せずに行うと、○か一という非常に悩ましい問題を起こす。私とて子犬を凍らせるのは望ましくない。それゆえ、患部《かんぶ》を冷やすくらいしかできなかったのだ。寝床が見つかったらすぐに、治癒師のもとに連れていくつもりでいたのだが」

お兄さんがおれの額の方を見て、頬を見て、笑う。

「こんなにも丁寧に手当てをしてもらってしまった。心配をかけてしまい申し訳ない」

剣士は静かにお兄さんを見つめ、やっぱり静かに言った。

「それでも、あなたは盾師の傷よりも寝床《ねどこ》を優先した。……火傷の痕は、季節によってはじくじくと痛むものだ。俺が言う事ではない、生意気だと取られても仕方がないが、あなたの子犬をもっと大事にしてほしい。そうでなければ、俺がいついかなる状況であっても、あなたの子犬を背中に庇いに行くしかない」

おれ盾師なんだけど。守の仕事なんだけど。

おい剣士、お前剣を振る前衛職だろうが。

何処から突っ込んでいいのかわからないおれとは違って、お兄さんが頷いた。

「重々承知しておこう」

そこまで話が終わってから、マイクおじさんの呼ぶ声が聞こえてきた。

外に出る支度をしていたらしい。

これからどこに行くのか、と思っているとお兄さんが、微笑む。

「ああ、取りあえずの物件をいくつか、紹介してもらった。これから下見に行くぞ？　さて子犬、疑問は一つきちんと解決しておこう。実際には高位素材だけで、何かを作るという事はできないんだ。一般素材と合せて初めて、高等な物が出来上がる。そこの職人ギルドに高位素材をおろしてくれる誰かが現れたという事で、今まで待たせるしかなかった注文の品物を、作れるようになったのだろう。そうなると一般素材も一気に大量に必要になるというだけだ」

「へえ。剣が鉄だけで作れないとか、そんな感じ？　鉄だって色々混ぜないと、強い剣にならないって聞いた事ある」

アリーズが武器屋で知識不足を怒られて、その場で説教が始まったんだ。

巻き込まれたおれも、それを聞いた。

武器屋のばあさま曰く、ただの鉄だけで鋭い刃物はつくれない。鉄に色々な物を混ぜて色々な技法を行ってようやく、鋭い丈夫な刃物が出来上がる。ってさ。

それと同じような事なのかな。たとえはちょうどよかったみたいだ。お兄さんが満足そうな顔になる。

「それが近いな。剣を作るにしても鉄と石炭や……」

「そんな細かい説明は後で二人でやってくれ！　これから物件見に行くんだろ！　日が暮れちまう！」

お兄さんがさらにおれに、わかりやすい説明をしようとした時、出かける支度をしたマイクおじさんが割って入ったから、この話題は終わった。

「やれマイクに怒られてしまった、確かに、日の出ているうちに物件を見にいかないとなるまいな」

肩をすくめたお兄さんがちょっと笑い、おれの片手を簡単につかむ。おれの間合いだ。するりと掴まれたぞ、今。いや、間合いに入られるって、冒険者なら結構緊張するものなんだけど。

お兄さん他人の間合いに入るの、本当にうまいよな……。

これで暗殺者とかの職業だったら、凄腕すぎて名前が闇の世界にだけ響いていそうだ。暗殺者が表で有名とか、働けないから。

「さて、行こう」

「はあい。ありがとう、おじさん。またいいの採れたらここに持ってくるから」

それから、剣士の方をちゃんと見て、お礼を言う事にした。

「色々面倒かけてごめんな、本当にありがとう。手当うれしいや」

「嬉しいうれしくないの前に、きちんと治す事を考えろ」

うわ、怒られた。こいつお人よしだよな。

これくらいお人よしだったから、勇者チームの前に入っていたチームの、最後の良心とか言われてたんだろうな。

そして……。

「頼んだぞ凡骨君。君だけになった途端に、君は有能さがよくわかるようになったなあ」

手を振り機嫌よさげに土小人のおじさんが、次の人の素材を受け付け始める。

「血抜きもできてない丸のままの魔物なんざ、持ってくるんじゃねえよ！」

次に素材を持ってきた誰かに思いっきり、怒鳴り散らした。初心者だろうか？　勢いが良すぎて、周囲で喋っていた冒険者が動きを止めたり、武器に手をやったりしてしまったくらいだった。

おいおいそんだけ、初心者ってのも珍しいな、どこの誰だろう。

気になったのだけれども、お兄さんがマイクおじさんの先導で歩いて、ギルドから出て行ってしまうので、その誰かを見る事はかなわなかった。

そして北区の大通りを抜けていけば、なんだか空気がちょっと変わってきた。

匂いが違うのだ。なんだろう、ヒト臭くないって感じがする。

「ヒト臭くない気がするんですけど、お兄さん」

「紹介してもらうのは、東区の物件だからな」

「え、お兄さん北区じゃないの」

「北区はわずらわしい。神殿の関係者だの、沙漠で隠者を探したくないが助言が欲しい、というわからずやだのが、多い。沙漠をねぐらにする前は、北区で隠れていてな、非常に非常にうっとうしかったのだ」

お兄さんの思い出の中の北区は、大変だったらしい。

確かに、沙漠とかに行かなくても、そこに助言をくれる人がいるって知られたら、大挙して押し寄せそうだよな。沙漠にいたってしょっちゅう人が来たわけだし。

あ、そう言えば人間ばっかり来てたよな……。

他の種族が助言を求めてくるのを、見た事が無いような。

どういう事なんだろう、と思って聞く事にした。

「お兄さん、助言を与える事もある隠者だけど、今まで人間しか来なかったのはなんで？」

「隠者なんぞに助言を求めるくらいなら、賢者に助言をもらった方が確実だと、ほかの種族はよくわかっているからだ」

きっぱりとした口調で、断言した事の後に続いたのは。

「わざわざどこにいるのかも、何を考えているのかもわからない相手に、助言を求めるような危ない事を、ほかの種族はしないというだけだ」

ごくごく普通の事でしかなかった。

そして十分ほどで到着した東区との境は、なんだか大きな丸太をいくつも組み合わせた形をしていた。出入口らしい。見た事のない形だ。変な形。丹が塗ってある。これは何なんだろう、何かの結界なのかな。

それともこれが、北区では誰でも人間に見える術のなにか？　まじまじとそれを見上げていると、くいを手を引かれてしまう。お兄さんは迷いなく進むらしい。先を行くマイクおじさんの方はもっと足取りが軽い。

でも。

当然のように剣に触れているし、片手の盾はいつでも構えられるようになっている。

何かしらの緊張感を持っているのだ。

マイクおじさんはソロではそこそこの腕前、でも足をやられているから、外のフィールドに出ない人。

その人がこれだけ緊張するって東区なんなの。

なんて思いながらも、開いた片手をどう動かすか考えていたら。

「大盾をかまえておけ、子犬。すぐに理由はわかるから」

お兄さんがふわりと自分には薄絹《うすぎぬ》を被せて、忠告をしてくれた。

その薄絹は天女の羽衣《はごろも》と呼ばれる素材で、見た目は軽やかでも上位防御装備を凌駕《りょうが》する代物だ。至高蜘蛛《しこうぐも》といわれる、非常に高い山にのみ生息する、霞《かすみ》をすすって生きる蜘蛛が尻から出す糸を使用しているのだとか。これは上位防御装備なんて、玩具みたいな防具だとか。

見た目は日差しを遮《さえぎ》る、そこら辺にありそうな砂漠の布なんだけど。

あれ、いつもの模様付きの布と違う。

「お兄さん、あれ被らないの。いつも被ってる布」

「あれはここでは目印になりすぎる、ひっそり動くにはこちらの方がまだいいだろう」

ああ、神殿でもどこでも、お兄さんの目印になったもんな、あれ。

この前被った布を見た、人間の対応を思い出して納得したおれだった。

そして、東区ってだけでそんなに危険なのか？　と疑いを抱きながら、おれはお兄さんと丸太の入り口を抜けて、突然響き渡った轟音《ごうおん》で、盾が必要と言われた意味を知った。

反射で盾を構えて正解だ、瓦礫《がれき》がぱらぱらと盾から滑り落ちている。お兄さんも庇う形で展開したおれのデュエルシールドは、まだ十分に使えそうだ。焼け出されて結構、損傷《そんしょう》しているかもしれないのに。

手入れをきちんとしなければ。

手入れをしないで壊れるなんて、嫌だ。手入れをしてこそ、物は本領《ほんりょう》を発揮する。

「やれ、先導しすぎたらだめだな。やっぱり凡骨の範囲内にいて正解だ」

いつの間に戻ってきたのか、マイクおじさんがおれの背中で言っている。

いったいいつ、おれの守備範囲に入ったんだ……。あなどれない。

マイクおじさんの動きは、確かに上級冒険者だったんだな、と思う身ごなしである。

だって普通できないぜ、先歩いていたやつが、おれの背後まで来るの。

シールドをおろして周囲を見回せば、住人は慣れたもので落ちてきた瓦礫をよけていたり、飛び越えていたりしている。

さらには当たり前の顔で撤去作業している集団もいる。

集団は流れ作業のように、瓦礫を移動させて、荷車とかに乗せている。

何なんだ。訳がわからないから、固まったとたん。

また爆音が、今度は上からで、デュエルシールドを上に掲げて防ぐ。

「ふんぬっ⁉」

結構大きいがれきがシールドに直撃したぞ、これ⁉

片手ではぶれるほどの衝撃で、こんなの滅多にない重さだ。腰の筋肉を使ってそれを払えば、重たい音がその辺に落ちた。

「おい誰だ？　シュペルの瓦礫をあんなに軽々吹っ飛ばす猛者」

「マイクが連れてるから、新しい住人だろ。それよりも夜明けまでにこれを撤去するのが先だお前たち！」

「まったく、若君《わかぎみ》たちは困ったものだ」

音の背後でいくつかの声を拾う。撤去作業中の集団の声らしい。

でもがれきに名前がある事に対しての突っ込みがいるのか、それとも撤去が当たり前の事に色々な衝撃を受けるべきなのか。若君なる何者かが、これを引き起こす事に対して苦情を言うのが先なのか。

全然わからないんだが……わからないんだが……。

「なんなんだここ」

としか言いようがない気がした。

「凡骨がいるなら楽に通れるぞ、ほらこっちだ」

でもマイクおじさんが当然の調子で言い出すから、取りあえず意識を切り替えた。

ここをお兄さんが通るために、盾は有効に動くだけだ。

さて、どれくらい根性が必要かな。内心で予想しても、次に来た瓦礫でそれは覆された。

おれの三倍くらいのが飛んできて、しょうがないから全力で薙《な》ぎ払う羽目になったのだから。

「だれだよこんなくそ迷惑な事しでかしてる連中⁉」

わめいたおれは悪くない。北区がひそやかと言えそうなくらい、このあたりすごい。すさまじい。

上の方から爆音と轟音とがれきが降ってくるのが東区の日常なのか、それでほかの住居に被害は⁉

というかこんな争いみたいな事が日常で、普通の生活おくれるのかよ⁉

つうか怪我《けが》人一人も出てないな、なんで⁉

慣れるとそうなるのか⁉

おれの思いは伝わったらしく、マイクおじさんがおれの盾の範囲で言う。

「だから北区と東区と西区で、住み分けてるんだ。いかんせん東区は騒がしい事この上ないんだからな」

「そんな軽い言葉で終わる事か⁉　何かすごく間違ってるぜおじさん！」

「大丈夫だ、もうじき五時になる」

『は……？』

お兄さんがどこかを見て時間を言い出し、それと同時に間の抜けたような鐘の音が響いた。

すると轟音も爆音も瓦礫も止まったのだ。

『大体若君たちの通学時間帯だけだからな、騒がしいのは』

何を知っているのか、お兄さんが普通だと言わんばかりの声で言った。

「……とりあえず、わかぎみって……」

「日が暮れる前に物件三つは回るぞ、凡骨。隠者殿。一つ目はここからほど近い場所で、市場に近いから買い物が便利だ」

おれの質問は、急かすマイクおじさんによって解決されなかった。

◇◇◇◇◇

「さすがギルド、紹介できるものが集合住宅しかないのは仕方がないな」

大きな三階建ての四角い建物をみて、お兄さんが言う。おれは初めて見る形式の家だ。

集合住宅というのだから、いろんなやつが同じ建物に暮らしているのか。

「おれこんな建物初めて見ましたけど、長屋じゃないんだ」

長屋はわかる。ずらっと長く長くなった家の連なりなら、知っているし見た事もある。

しかしこれは縦に長い。背が高い。

「長屋は面積ばっかり使うからな、三階くらいまで高さを出して、住居にした方が住人をいれられる」

マイクおじさんが、一つ目と二つ目を見せながら言う。

その四角い建物の三階、一番上である。そしておれには、一つ目と二つ目の違いがわからなかった。

同じ間取りだし、同じ素材だし、何が違うのだろう。

「お兄さん、違いがわからない」

「多少の日当たりの問題と、荒《すさ》み具合の問題だ」

一つ目は台所が壊れている。お兄さんは眉をひそめた。

「却下だ。壊れているだろうあれは」

「前の住人が大変な料理下手で、ああなった。今その住人は、修繕費を稼ぐために頑張っている」

「それなのに紹介するのか」

「だから空きがほとんどないんだ、隠者殿。壊れている所も合わせて、やっと紹介できる数になるくらいに空きがない」

「人気だな、ギルドの集合住宅ってやつ」

「まあな。ライフラインの文句をギルドに回して、有能な修理屋を紹介してもらえるというのも大きい」

二つ目は、その三つ向こうのドアの場所だった。

ここは何をしたのか、壁にひびが入っている。あの大きさだと、人を一人叩きつけたくらいだろう。

「ここの問題は何だ、マイク」

「メンバー内の痴情のもつれが悪化して、重戦士を武闘家が叩きつけた。近所迷惑で何度も近隣から相談されていたのもあって、それを理由に出て行ってもらった。

ここも修理費を請求している最中だ」

建物はたくさんのドアがあって、そこの一つ一つが、一個の住居なんだな。

おれアリーズたちとは一軒家買ったし。いろいろ初めて見るものばっかりだ。

喧嘩がひどいのは冒険者としてよくある話だし、力が強い奴も多いから、壁にひびはまあああるだろう。

お兄さんが、マイクおじさんに言う。

「もう少しだけ、大きい部屋はないのか」

たしかに今見たどっちも、一人がやっと暮らせるくらいの広さだった。寝台を置いたらかなりの場所が塞《ふさ》がれるくらいの広さだったな。

そして家具なんて置いたら、二人目の寝床はないみたいな感じだ。

お兄さんが借りるから、お兄さんが主体だ。当たり前。でもお兄さんは、おれも一緒だから、そう言うんだろう。

マイクおじさんが軽く頭を下げた。

「もともとここの殆どが、一人用の住居ばっかりなんだ、申し訳ないな、隠者殿。騒がしい所は好きじゃないだろう。本当は一軒家が希望だろう？」

「まあそうだが」

「だがいきなりで一軒家は探せないんだ。一軒家の類は、チームで住みたい奴らが、順番待ちしているくらいなんだ。ギルド所有の家はそれだけ、色々便宜が図れるしな」

「仕方あるまい、いきなりすぎる無茶だというのにこうして、融通《ゆうずう》してくれるのだから、無駄な我儘は言わない」

確かにいきなり家を探してくれって、けっこう無茶だし、順番待ちの人だっているだろう。なんで融通してくれるのかな。

「隠者殿の消息不明は、うちのギルドの悪夢なんだ」

おれの疑問は顔に出たらしい。マイクおじさんが教えてくれた。

「砂漠の隠者の居場所を、正確に知っているのはうちのギルドの上なんだ。それくらい隠者殿に信用されているって事でもある。ほかのギルドとの力関係を維持するのにも、隠者殿の存在は一役買っているくらいでな。うちでもわからないとなったら、他のギルドが探し始める。隠者殿はそれくらいの存在なんだ」

お兄さんそんな重要人物……まあ体の中に宿してるものがものだからな。

世界を支配できるくらいの力だと思うし。あれ。

そうだ、さっき言っていた、家賃どうこうとかだろう、便宜ってやつは。

「本当に、希望の物を用意できなくて申し訳ない」

また頭を下げるマイクおじさん。

「いや、騒がしくともこの東区というだけで、静かさとは縁がないと思っているから気にするな」

首を横に振ってお兄さんが言っている矢先に、北の方から煙が上がる。続いた爆発音。

五時過ぎただろ、なんでまた爆発音がするんだよ。通学時間とかいうの終わったんだろ……？

「何で東区って爆発音が響く世界なの、マイクおじさん」

あまりの音に耳をふさぎながら聞けば、苦笑いと一緒に教えてもらえる。

「体液が爆薬みたいな種族とかも普通に、このあたりで暮らしている事もあるな。あとは若君たちがいがみ合って争う事が多いから、爆発音に皆なれて、これくらいは日常になってしまって誰も苦情を言わないというところか」

「若君って」

迷惑な奴らだな、さっきから聞いてて思うに。誰だよそれ。たちって複数形なのかよ。複数迷惑な奴らがいるのかよ。

しかしえらそうな名称だな。

眉間にしわが寄ったおれに、お兄さんが言う。

「東区のえらい奴の子供だ。このあたりを牛耳っている実力者たちでな、親はそこそこの仲なんだが、子供たちはなぜか、喧嘩が絶えないんだ」

「仲良くする努力は」

できないくらいに相いれない奴らなのだろうか、それとも決定的に趣味嗜好《しこう》が合わないのだろうか、それとも己の矜持《きょうじ》とかいうくそくらえな奴で、歩み寄れないのか。

だとしたって、周囲を巻き込むのをやめてほしいんだが。

おれの言葉にお兄さんは、肩をすくめるだけだ。

「お互いしないらしい。私がいた頃から変わらないのを感じるに。まあ多様な種が暮らせばそれだけ、色々な音が響くわけだ。おまけに東区に研究区域があるぶん、爆発の回数も多い」

「研究区域？」

聞いた事のない名前だ。研究、という事は何か調べたり開発したりしてるのだろうけど、区域？

「新しい薬の調合や、武器の素材の錬成を研究する区域だ。ここが一番爆発しているな。たいてい六時までで、それを終わらせるという事で、近隣住人ともめないようにしている」

「はあ」

爆発前提、騒音前提って何なのだ。おれの理解を超えている。

でも、薬って手順とか保管方法とか、間違うと爆発するからな、そう言う事のせいなのか。

おれがお兄さんとそんな会話をしていると、マイクおじさんが声をかけてきた。

「さて、このあたりが、紹介できる中ではいい物件だな、もう後はがれきのなかの物件だったりする。ちなみに隣は住んでいた住人が、酔っぱらって爆発を起こして大穴が開いて、誰も修理してまで住みたがらないから、空いている空間だ。ここはわりあい好きそうじゃないか」

おれはお兄さんが最後の物件を見て、ちょっと笑ったから、お兄さんはここを気に入ったんだなと思った。おれも中を見る。

砂漠の住居よりも広いし、収納は多い気がする。そして隣の部屋が吹っ飛ばされて大穴が開いて風通しがいい。

「これは薬草を干すのに都合がよさそうな隣だ」

「風通しもいいし、上は屋根みたいなものだし、洗濯物を干すのに都合がよさそうですね」

「同じものを見ても、考えるところは違うのか、あんたら。まあ個人差があるものだがな」

「マイク、これでいい。今日から住めるか」

「まだ掃除屋を入れてないから、埃《ほこり》だらけだがいいのかい」

「掃除なんて、沙漠の砂まみれと似たような物だろう、これくらいなら明日掃除すればいい。私たちは家を見事に焼き尽くされて、宿をとるか屋根のある所に転がり込むか、という現状だ」

「だったら何日か待っててくれれば、掃除屋も入れて綺麗にしてから明けわたす。ギルドの上の部屋を貸せるはずだ。ジョバンニさんとララさんがあんたに会いたがっていた」

「なるほど、それでいいか子犬」

「おれは屋根がある所ならどこでも」

野営だって構わないんだし。でもどうせ街のなかにいるんだったら、雨風をしのげる場所に泊まりたいだけで。

「じゃあ決まりだ、マイク、手続きを頼んだぞ」

「はいよ。この部屋と隣の廃墟空間を借りるって事でいいか」

「ああ。集合住宅だから、家賃はどれくらいとる？」

「あんたがここにいるってだけでありがたいし、凡骨の所在がわかりやすいってのも助かるから、結構安くしてもらえるだろうな、ジョバンニさんに聞いてみる」

「お兄さんの居場所がわかるっていうのがありがたいのは、わかるけど、おれも？」

「お前のぶんどられた装備品の返却で、今もめてるからな。居場所がわかりやすいとありがたいんだ」

「ああ……」

アリーズたちにむしり取られた装備品。まだ返ってきてないもんな。


取りあえず、北区のギルドに戻る事になった。橙色の提灯がひしめき合う通りを珍しい、と見ている間、爆発音は本当に聞こえなかった。

その時間以外は聞こえないから、東区の人たちは気にしないのかな、なるほど。

ところ変われば何とやらってやつだろう。

おれとしては、朝の何時くらいに爆発が始まるのかが、実に興味深い。

慣れないうちは飛び起きて、盾を構えて気が抜けないかもしれないから。

戻ってきたギルドの待合室では、日ごろの疲れをいやすかのように、酒の飲めない人たちが食事をしたり、知り合いと情報を交換していたり、やっと採取が終わったらしい人達が座り込んでいたりした。ギルドの待合室として平和な感じだった。

そこで、久しぶりの人を見た。

「あ、カーチェスだ」

もう迷宮恐怖症というトラウマは克服できたんだろうか。まだだろうか。

でもどうしてここに来たんだろう。

ここから薬師ギルドまでの道はちょっと長いはずだ。

「何だ子犬、覚えていたのか」

おれが相手を覚えているのが意外だったのか、お兄さんが聞いてくる。

「カーチェスは印象に残る顔してるし、髪の色とかも結構特徴あるし」

彼は何かを受付の人に頼んでいた。

おそらくだが、薬師の方で採取のミッションを頼んでいたのだろう。

受付の人は困った顔になっている。

『そんな珍重《ちんちょう》される物が、このあたりで採取できるとは思えないのですが」

「迷宮で発見したっていう報告があったそうなんですよ、だから迷宮に入るミッションとして注文してほしいと頼まれまして」

「わかりましたよ。そろそろ、その病気が始まる季節になりましたしね」

「あるとないとでは、やはり薬の手順に違いが出てしまいますから」

よくわからない会話だが、迷宮に入るミッションを頼んでいたらしかった。

「本当は採取専門の、私たちのような人間を連れていける人たちがいいんですけど、この前のとんでもない奴らの結果、薬師ギルドは同伴しない事を条件にしてしまいまして……困った事に」

「上がりましたよね……採取ミッションの難易度。今までだったら専門家を同伴するからもっと簡単な事になっていたのに」

受付嬢が溜息を吐いた。きっと怒られてるんだろうな。

アリーズたちの行いのために、ミッションの難易度が上がったらしい。

この会話を聞くに。専門の採取者じゃないと、変に間違ったものを持ってきて、徒労に終わるだけっていうのもあるわけだからな。

「あ、隠者殿！　以前はお世話になりました」

受付が終わったカーチェスが、お兄さんを見て顔を明るくする。

そして小走りに近寄ってきて、頭を下げた。

「あの時は本当にありがとうございます。おかげさまで、あれ以来死にかける採取担当はいないんですよ」

「それはいいのだが、今聞えた会話が確かなら、採取担当はフィールドに入らないのだろう」

フィールドとは魔物が出る領域だ。すごく単純に言えば。今までだったら冒険者と一緒に、採取担当もフィールド入りしたんだ。

「はい」

「それは面倒だろうに。採取の専門でなければ、わからない良しあしも多いだろう」

お兄さんが言うのを聞いて、カーチェスが頷く。まさにそうなんだ、みたいな顔をしてる。

「ええ、とても大変ですよ、間違ったものを皆持ってくるので……こちらに怒鳴りこみに来る人達もいるわけで」

何回かその対応をしたらしい。彼は思い出したくない事を思い出す顔をした。

どこか殴られでもしたのか、ちょっと二の腕をさすり、言う。

「結構な回数、ギルドに苦情を出す羽目《はめ》になりましたよ。こちらのギルド以外のギルドの人たちは本当に、なっていない人が多くて。ごろつき顔負けの事をしたり、何が気に入らないんだっていちゃもんをつけたり、でも物が違うからお金は払えませんし」

そこで声を一段ひそめて、秘密を言う声で話し出す。

「薬師ギルドの方では、この事態を重く見ていまして、ギルドにミッションとして注文するもの以上に、薬師ギルドとだけ契約する腕利《うでき》き、を確保しようと躍起《やっき》になってます」

「えっと、それってそっちに雇われていれば、同伴する採取者を何としてでも守らなかったらまずいから?」

何とか呑み込めそうな事実を聞くと、彼が頷いた。当たっていてよかった。

「まあ、迷宮にあるような特殊な薬草や鉱石などは、どうしたってここのようなギルドの上位冒険者に依頼しなかったら、手に入らない物なんですけれどね」

ため息交じりに言い出したカーチェスの後ろで、どよめきが聞こえた。

「おいまじかよ、新しい勇者がまた、アシュレに配属されるって聞いたか⁉」

「この前聞いたぜ、帝国の神官がこっちの神殿に話しているのを聞いたんだけどさ」

話し声の方を見ると、神殿関係者らしき格好の男性が、友人かな、冒険者に話している。声を潜めていないから、秘密にしているわけじゃないらしい。

「前回のとんでもない野郎の後だぞ、まだまだ色々終わってないってララ様が言ってただろ、なのに新しいのを来させるのか？　アシュレの迷宮ってそんな特殊だったか？」

「北のダンケニードや、東のウブスナ、孤島にあるトリニドだったら、魔王の痕跡ってやつがあるから、勇者ががんがん行くけどよ……アシュレも魔王の痕跡が見つかったのか？」

ダンケニードもウブスナも、トリニドも迷宮だ。たくさんの魔王の痕跡が見つかっている。それでも魔王の遺物が見つかっていないから、各国の勇者職が潜っているはずだ。

『聞いた話じゃ、アリーズたちは前にそれらしきものを見つけているらしいんだ。でもその後階級が下がりまくって、中層以下に潜る許可証も失って、再調査できなかったらしいが」

「だからって早すぎだろ……？」

どよめきながら、情報を分け合う冒険者たち。

そう。

勇者パーティのみが持つ使命という物があり、それが魔王の痕跡という物を見つけ、魔王の遺物を発見し確保する事なのだ。

魔王自体は何百年も前に、その当時の勇者職に倒されている。

でも魔王が残した数多《あまた》の厄介な魔道具などがあって、何故か迷宮でそれらが発見される確率が馬鹿みたいに高いのだ。

そして魔王の残した邪悪な遺物……すなわち魔王の遺物……は勇者を冠するやつじゃないと見つけられない事が多い。

魔王を倒したのが、勇者という称号の冒険者だったからと言われている。

そのため各国は、勇者の称号を神殿から与えられた、そんな冒険者だったり一般人だったりを探し、鍛え、迷宮がある街に派遣するのである。

迷宮はどこの街にもあるのだが、一度遺物が見つかった迷宮では、二つ目の遺物が見つからないらしい。

よくわかんねえけど。

アシュレは長い事、魔王の遺物がある痕跡、魔王の痕跡と呼ばれる物がどの階層でも見つからないから、魔王の遺物がない迷宮、と言われてきたというのに。

どこで帝国は、それがあると判断したのだろう。アリーズたちが報告したのか？

でも素行が大問題な奴の報告を、信憑性があると判断するものか？

わからない。首をひねっても答えは出ない。

「子犬、そんな物があるとアリーズたちは言っていたか」

お兄さんがちょっと噂に興味をひかれたのか、耳元で問いかけてきた。

おれは記憶を探り、首を振った。

「覚えてないというか、おれには言わなかったのかもしれませんね」

「あり得る話だな」

お兄さんもそれ以上は聞いてこなかった。

でも。

おれはとある可能性に気付いていて、冷や汗が流れそうな気分になった。

たとえ魔王の遺物は、発見していなくても、魔王の痕跡の近くにあった魔道具などは、呪いが付加されている事が多い。魔王の遺物の影響だとか言われる結果だ。

そう、あいつらは、呪われたものを全部おれに渡している。

そしておれは
装備以外を奪われていない。

あいつらが放ってきた呪いの品々を、いまも道具袋に突っ込んでいる。

それが何を示すのか、噂と照らし合わせればわかる。

〝おれ〟が奴らの発見した、魔王の痕跡がある魔道具などを持っている可能性が馬鹿みたいに高いという事だ。

気付いたそれは、非常に面倒事の気配を漂わせていた。

お兄さんに相談しなければ。これからの番犬事情に差し障るかもしれないのだし。

あいつらがその事も含めて帝国に報告していたら、おれを探すだろうし、そう言った道具を出せと新しい勇者たちに言われるかもしれないのだ。

何しろ魔王の痕跡から、魔王の遺物のありかを推定するのが定石だからだ。身ぐるみはがされるという、そんな嫌な事は起きないで欲しいぜ、切実に。

そしておれの珍しい素材も奪うという、蛮行をしかねない奴らじゃない事も祈る。

ん、でも呪いの装備だけを、渡せばいいのか。

あ、じゃあ素材とかは見せなくても問題ないよな。

ぐるりと考えが落ち着いて、おれはちょっと落ち着いた。

「おい凡骨、部屋を案内するぞ、隠者殿、こちらだ」

落ち着いた辺りで声がかかって、おれはお兄さんの袖を引いた。

お兄さんはさっきから、迷宮のどこのあたりに、どんな薬草があったという話があったのか、をカーチェスと話し合っていたからだ。

二人で信憑性があるか確認していた模様である。

「お兄さん、宿の部屋を案内してくれるそうですよ」

「ああ、すまない。カーチェス、この話を続けたかったら、数日はここに寝泊りをする事になったから、聞きに来てほしい。あいにく薬師ギルドに顔を出すと、私はえらい目に遭うんだ」

「わかりました、興味深い話も幾つも聴けて、勉強になりました」

二人が会話を終わらせて、お兄さんがマイクおじさんの方を見る。

「今そちらに行く」

ギルドの建物の三階、そこがギルドの関係者の居住空間の一部で、どうやらそこの一部屋を宿にしてくれるらしい。

お兄さんの重要な感じが、より際立つ対応なのは気のせいか。

だってほかの奴だったら、きっと物件を引き渡すまで、何処かの宿を借りろ、くらい言うだろうから。

綺麗に磨かれた洗い場に感心していると、お兄さんはさっそく長椅子に横たわり、道具袋から紙とペンを取り出した。

そこでふっと思い出した事があって、この際だから尋ねておく。

「お兄さん、家焼かれちゃった時に、燃えてなくなっちゃった貴重な本とか巻物とか、ありました?」

お兄さんは色々な物を解読したり、再現できるか読み取ったりしていた。

そしてそれらの一部は、家のなかに広げられっぱなしだったりしていた。

もしかして、すごく珍しいものが燃えてしまったりしていないだろうか、と思ったのだ。

あまり当たってほしくない予想は、残念な事に当たっていたらしい。

お兄さんが肯定した。

「いっぱいあるぞ。それらの中には、砂の神殿から解読を頼まれていた物もあってな、こうして屋根があって雨風がしのげる場所が確保できたから、その事を連絡する手紙をしたためる。子犬、しばらく話しかけないでおくれ、手紙を書くのが私は苦手なんだ。字が汚くてな」

「はあい」

お兄さんは字が汚いのか。読めないおれには、流れる模様みたいでとてもきれいだったけれど。

しっかし公国の令嬢とかいうあの女の子、とても大変な物を焼いたんだな……。神殿が解読を頼む品って、おれでも超一級品の貴重品だってわかるもの。

国と神殿の大問題に発展しそうだ。

おれは関係ないけれどさ。想像するだけでとってもとっても面倒くさい事になる。

そしておれはおれで、また道具袋の中身を調べなければならない。

とりあえず、勇者が来た時に速やかに、魔王の痕跡かもしれない物を渡せるように、より分けておかなければ。

でも、いっぱいあるんだよな、呪われてるってだけで、あいつらがおれにぶん投げてきた変な物。

ゴミ捨て場に捨てられた時に、身ぐるみ剥されなかった事を喜ぶべきなのか、それともあいつらがおれの装備を剥した時に、道具袋の事は忘れていた事を喜ぶべきなのか。

まあおれの道具袋って、結構いらない物ばっかりだし。

棄てられて死にかけてた時、袋の中から何か防寒の物を取り出せないくらい痛めつけられていたからこそ、お兄さんと出会えたわけだから、めぐりあわせって変だよな。

あの時、道具袋から物を探せるだけの体力と気力がなかったから、あんなに凍えたわけだが。

全く、人生って何が起きるかわからない。

手元に引き寄せて口を開ける。

道具袋の中身を、今日は中に入ったりしないで取り出してみる。

あの中だと、時々狭くて物を落したりするからだ。

おれの整理能力があまり高くない、という事なのか。

それとも物が多すぎるのか。まあ多い方だとは思う。変な物も楽しいものもごみに見えそうな物も皆、より分けないで入っている。

断捨離《だんしゃり》でも必要なのか。

だがしかし、おれの持っている山のような呪いの品物は、うっかり市場には出せない物ばかりときている。

当面ここに封印しておくしかないだろう。

間違いなく。そうでなければ、あちこちに迷惑をかけてしまう。それくらいの自覚はあるんだ。

実は。

床にばらまいたような呪いの品々。どこまでこの部屋に広げられるだろう、と幾つも広げていた矢先だ。

「失礼いたします、入室の許可を」

扉がノックされて、誰かが入りたいと言ってきた。お兄さんは手紙に集中しているから、ここはおれが出ていくべきだろう。

ひょいと広げたものをそのままに立ち上がり、扉の前まで行く。

やや繊細な開け方をする扉を開ければ、そこには女性が一人立っていた。

きっと事務関係の人なのだろう。受付嬢に似た格好をしていた。マイクおじさんは制服がないけど、他の受付の人は制服を着るのだ。

「ここに砂の隠者様がしばらく滞在すると聞いて、訪れたものなのですが……」

彼女はしばし部屋の中を見たと思ったら、そのままばったりと倒れてしまった。

え？

何が起きたの？

思考が止まりかけてはっとする、止まってる場合じゃない！

「え、ちょま、大丈夫⁉　息はある、脈拍確認、心拍異常なし⁉」

腐ってもおれは冒険者、慌てて生命確認を始めてしまった。

いきなり真っ青になって倒れた彼女は、倒れた以外に何も変な事はなさそうで。

わたわたしつつ、おれは彼女を部屋の外に運び出した。

何故かって？　部屋が散らかしっぱなしだから、寝かせておくの忍びなかったんだよ。決まってんだろう。

それにあんなたくさんの呪いの品が散らかっている所に寝かせて、悪影響が出ないとは言えない。

いや、悪影響が絶対に出る。なんなら賭けたっていい。

おれもお兄さんも特別製だから、問題が起きていないだけでさ、一般的に何か起きると思う。

運んでどこに寝かせりゃいいんだと、周囲を見回しても休めそうな場所はない。ギルドの待合室はなあ、女性を無防備に寝かせておく場所としてはよくないし。

どーすっかな。

「あ、おい、凡骨、ちょうど間に合ったか！」

階段を降りるかどうするか、考えていた矢先の事だったのだ。

マイクおじさんが慌てて階段を駆け上り、おれの所まで来たのは。

「ああよかった、そちらの女性はまだ、隠者殿の所には到着していなかったんだな⁉」

「え？」

「いや、いきなりここのお抱え呪術師たちがばたばた倒れ始めてな？　ここに異常空間ができて、それが砂の隠者殿の部屋だと言って来たんだ。隠者殿に何かあってからでは遅いからな、急ぎ来客の御仁も呼び戻して、って気絶している⁉　凡骨何があったんだ！」

「いや、実は」

見た事起こった事を、ちゃんと言ったとたんにマイクおじさんが呆然とした。

「部屋に……お前いたのか」

「いたし。道具の整理してたんだよ、そうしたらいきなり扉が叩かれて、こっちの女の人が来たのがわかって、扉を開けてこの人が部屋を覗いたら倒れちゃったから、休ませる場所ないかなって探してて。ちょうどいいから引き取ってくれよ、おれまだ道具の整理終わってないし、お兄さんの所にいないと。お兄さん今手紙書いているから、邪魔されたくないんだ」

「隠者殿が拒絶したのか……いやそのまえに……！　わかった原因お前だろう！」

「何の」

「異常空間のだ！　どうせお前道具袋のなかに突っ込んであったいわくつきの品物片っ端から取り出したんだろう！　数があればいわくつきは共鳴しあって異常空間を引き起こす、絶対お前だ！　よし今からお前、荷物を片付けて来い！　今呪いの専門部隊を呼ぶぶって大騒ぎしてんだよ陛下《かいか》は！」

「え……」

まさか階下まで影響が出るとは思わなかった。そこまで行くなら、いくら通じないおれにも、何か出ると思ったんだ。

しかしマイクおじさんはおれを叱る口調で言う。

「お前はあれだろ、何か知らないがあらゆる呪いが片っ端から通じないんだろ、そして隠者殿は自分が因果もちだから呪いの類はあんまり効果がないときた。くっそこれを考えなかったこっちの不手際だ」

言いつつマイクおじさんは、女の人を担いで降りていった。

なんかよく意味がわからなかったんだけど、急いで荷物を道具袋に突っ込まなければいけないのはわかった。急がなければ。

おれは踵《きびす》を返して駆け足で、部屋に戻った。

部屋に戻る途中の事だったんだ。いきなり何かが動いたのがわかって、ばらばらっとおれの腰の呪い本が開いたのは。

何かが動いた気がした、脈打った気がした。生き物じゃないけれど、生き物に準ずるほどの物が。

ざわめくように蠢《うごめ》くように。

呪い本が実に愉快と言う調子で笑いだす。散々笑って言い出した。

『相方、すげえなすげえな、今あそこの部屋、凝《こ》った呪いでもう一つ何かが生まれちまいそうだぜ』

「生まれちゃいけないだろ！」

呪いが生み出す何かって絶対におっかないだろ！

それに突っ込み、やはり急がなければと通路の角を曲がる。

曲がって……は、と息をのみそうになった。

いや、だってさ。

なんで雨が廊下で降ってんだよ、おかしいだろ。

おれは思わず天井を見上げた。

天井に穴が開いているわけではない。

通路に重たいほどの雨雲があって、そこから雨が降っている。

ばしゃばしゃと降っている雨。降って床に当たった途端に凍り付いて、床が氷張ったみたいなんだけど。

どう見たってぴかぴか反射している氷だ。床。磨いた艶《つや》じゃない。

なんなの。

想像を超えるものがそこにあった。いくら何でもおれだって、建物の中で雨が降って床が凍るとか想像超えてる。

「おれでもびっくりだぜこれ」

『だろうよう。呪いが拮抗《きっこう》してこんな異次元作っちまいやがった』

ぱらぱらとめくられる音のなかで、本が呟いた。

「異次元なの」

『異次元って言ってもいいだろうな。陰雨の力だ。呪いってのはわりと乾いたものに弱くて、湿ったものに宿りやすい。雨なんて典型的だな。たくさんある呪いは、雨を伴う異次元を生み出しやすい』

呪いの本の言葉は、おれには説明として足りなかった。

でもお兄さんはこの中で無事なのか。ばたんと扉を開けば、お兄さんはさっきと変わらず長椅子の上で手紙を書いていた。

無事らしいのはいいんだが、現状がひどすぎる。

部屋に雨雲があって、相当な勢いで雨が降っていて、床に触れて凍っている。

どう見たって周囲凍えてんだけど、凍ってんだけど。

いいのかいお兄さん。寒くないですか。

おれはお兄さんに毛布を渡したくなって、その前にすべき事を思い出す。

それよりも何よりも、おれは荷物を回収しなければ。

幸い寒い以外に問題はないので、手当たり次第に並べたものを今度は、道具袋に中に突っ込んでいく。

なんか軽い爆発音とか、ちかっと光る何かとか、周囲で起きてたけど。

全部無視できる範囲だったから、広げる時は長い時間かけたそれらを、ものの数分で突っ込み終える。

だがしかし、被害は甚大《じんだい》だ。周囲はびちゃびちゃ、そして凍ってつるつる滑る。

おれ自身に呪いは効力を持たなくっても、発動した現象を霧散《むさん》させるわけじゃない。

これどうやって氷融かすかな、おれの責任かな……怒られるのやだな……とか思っていたら。

「ん、せっかく雨の音がしていたのに」

お兄さんが顔をあげて、周囲を見回して不満そうに言い出した。

えー……雨降ったままでよかったんですかお兄さん。

あの状況に一切頓着《とんちゃく》していなかったのが、そこで伝わってきた。

「止んだのか？　それにしては冷えているな。ああ子犬、おいで、きっとこんな寒さだ、手が冷えて切っているだろう」

ちょいと手招きをするお兄さんである。周囲の惨状は無視しているのか気付いていないのか。近寄れば当たり前の顔で懐に抱え込まれて、呆《あき》れたように言われた。

「こんなに体を冷やして。いくら頑丈と言っても限界があるぞ、陶磁器の人形のように冷えている」

しっかり抱え込んでお兄さんは、ぱちんと指を鳴らした。

たったそれだけ、それだけの音なのに、意味がちゃんとあったらしい。

氷は瞬く間に消失し、さっきまで室内で雨が降っていたり氷の床だったりした事なんて、何もなかったように、元通りになったのだ。

なんか傷んでた場所まで直っている気がする。

「私は手紙に没頭しすぎていて、雨の音がするくらいしか思っていなかったが。何か変な事が起きていたようだな。道具はどうした、整理が終わるようには見えなかったのだが」

「えっとですね」

おれが一から説明をしようとした時だ。

「隠者殿！」

荒っぽい足音が通路の方からどんどん近付いてきて、ここの前で止まる。そして。

大声をあげて、扉を遠慮もなしに開けた人が怒鳴った。

「あんたまた凍らせただろう！　呪いを凍らせて封印する、〝凍てる選別者〟だからって甘すぎだよ！　どうせなら全部凍らせるか、全部無視するかのどっちかにしておくれ！　うちの呪術師たちが、混ざりすぎた術で昏倒《こんとう》して、三日は使えないじゃないか！」

そこにいたのは背のやや高いおばさんだった。

胸にギルドマスターの印、三つの剣で描かれた▽模様の水晶のメダルがなかったら、きっとそうだとは、わからなかったに違いない。

それくらい、どこにでも見かけるおばさん、という空気だった。

しかし身なりはとてもいい。ギルドマスターが見た目貧乏そうだといけないとはわかるから、彼女のその格好は当たり前なんだろう。

だがギルドマスターだという事はこの人が、かの有名な義のギルドマスター、ララさん？

義を重んじ、道理を重んじ。誠実である事はほかのギルドマスターと比べる事もできないくらいで、苦しい相手に手を差し伸べるやさしさを持つ、と言うあの？

噂の中身と現実で見ている彼女に落差が大きくて、目が丸くなるのがわかった。

お兄さんの懐のなかでしげしげと眺めていたら、こっちを見た彼女と目が合った。彼女はぽかんとした顔で目を丸くしてから、口を半開きにして思考回路が止まった状態になった。

そんな変な状態か、おれ。

お兄さんが抱っこしているのがいけないのか？

お兄さんが入れたんだぞ。

目が合ってしばらく、ララさんだろう彼女は動かなかった。

この膠着《こうちゃく》状態どうすっかな、と思ったその時だ。

「子犬、あまりこの女を見てはいけない。心の中に術を埋め込まれるぞ」

ひょいとお兄さんが、おれの眼を覆ったわけだ。

そこで視界は遮断《しゃだん》される。

お兄さんの温かい指の温度が、瞼《まぶた》を覆う。あったかい。おれはすごく冷えていたのだと再確認してしまった。

「隠者殿……それはなんだい」

なんか得体のしれない物に対する声で、ララさんがおれを示して言っているようだ。

他に、それと言われそうな相手がいないのだから。おれだろう、たぶん。

「生き物だが」

まあ無機物でも死体でもないですからね、お兄さん。もうちょっと言い方ありません？

「……いや、そんなのを聞いてるわけじゃなくってね……関係性ってものを聞いたわけでね……なんでそんなにその子とあんたの間に、因果が絡みついているんだい」

お兄さんの返答はおれでも、ずれてんなって思ったからララさんも同じように思ったらしい。ちょっと疲れた声で言い返した。

因果って何だろう。

絡んでいるってなにも絡んでいないのに。

おれの動きを阻害《そがい》するものなんて、何にもないと思うのに、何が絡んでるんだろう。

インガってなんだ？

絡んでいるって事は見えているって事だろうな、という事は……ララさんに何か見えているってはずだ。

ララさんの眼に、おれとお兄さんはどんな風に見えているんだろう。

眼と言えばルヴィーもなかなかの眼を持っているらしいから、彼女に会った時に聞くのも手だろうか。

今、聞いてもいいものだろうか。でもこの体勢で聞くのも間抜けだよな。

しかし疲れたララさんの声に、お兄さんは軽い調子で返す。

「ララの眼ではそう見えるのか。」

そこで、そのインガってやつは、ララさんにしか見えていなさそうだと察した。

ララの眼では。その限定の形から察したのだ。ララさんにだけ、普通は見えない物が見えている。

お兄さんはそれが見える事に、疑問を抱いていないのもわかった。

「別段私たちは変な事はしていないし、疚《やま》しい事もしていない。忠実な番犬とその主にして、相棒でもあるだけだ。何か問題が？」

「問題はないけれどね、その見た目の破壊力考えなさいよ」

ララさんが、疲れ果てた声で言う。お兄さんの相手が疲れるのだろうか。おれ疲れないけど。

お兄さんが、ああ、と話を切り替えるように言い出す。

「そうだ、この子が所有している呪《まじない》の品物が、いささかそちらに不都合な事をしてしまったようだ。そこに対しては謝罪しよう。この子は仲間が無理やり押しつけたものを、持っていなくてはいけない身の上でな。道具整理をしたら何かが複合してしまったらしい。あとで　ララの呪術師たちには、魂に効く粥《かゆ》でも処方しよう」

数秒、相手の言いたい事を理解するための沈黙が流れた。

沈黙を破ったのはララさんの方だ。

「私としてはそれ以上に、絡みついて切れなくなった因果の方が気になるんだがね。まあいい、あんたが処方する粥は一流だ、今日中に作っておくれよ。そうだ、凍った床を元通りにした時に、軽い修正でもかけただろう。劣化《れっか》したところが直っていてそこはいいけど。あんた、自分の都合のいい呪い以外を凍らせるっていう、そこの所どうにかしておくれよ」

「別に選んで凍らせているわけでもないんだが、相性でもあるのだろうと思うんだが」

この会話から、お兄さんが呪いを選んで凍らせているらしいって事はわかった。

お兄さん凍らせる事に関して、やっぱりかなり凄腕らしい。

寒空の祝福がかかわっているのだろうか。

凍れる生贄《いけにえ》という立場だからできるんだろうか。

わからない。推測は確信までは至らない。

「あんたそういう部分本当に、俗世間から離れた感じがして隠者って感じだわね。いつも通り。

……でも変わったね」

何をお兄さんに見たのか、ララさんが感慨《かんがい》深げに言う。変わった、お兄さんが変わった。

おれと出会ってからのお兄さんはどこも、変わってはいないのに。

「少なくとも、女の子を腕の中に囲うような奴じゃなかったのにね」

「冷えた子犬を温めているだけだ。私の大事な大事な子犬だ。温めるのも当たり前だろう」

お兄さんがおれをより一層抱えたらしい。体に回る腕が少ししつこくなる。

「その自信に足元をすくわれないようにね。説教が必要かと思ったら原状復帰はさせているから、説教の時間があまりなくて済んだ。これから私は東区のボスたちと会合があるんだよ。あんたが東区入りするからね。今まで拮抗していた四区のバランスが崩れないように、話し合いだよ。全く。公国の方には遠慮なく抗議をしておくように、ジョバンニに言っておいたからあんたも、躊躇《ちゅうちょ》するんじゃないよ」

「燃やされた借り物の書物があってな、神殿の方に事の次第を説明する手紙を送る所だ」

「うげぇ、砂の神殿のかしら。あそこは太古の書物が残っているってのに……公国も終わりだわね。一国が傾く書物を燃やしたんじゃない事を祈るよ」

「ちなみに躊躇なく家を爆破されてな。守りも何もくそもないわけだ」

ララさんが蛙がつぶれたような音を上げた。

なんか非常にヤバイ物を聞いたっていう音だった。

「あんた相当怒ってるね」

「当たり前だろう、せっかく貸してもらったものが灰になったのだから。灰になった物を元通りにする術など存在しない。解読途中の物も多かったのだから」

ぱちぱち、とお兄さんの怒りに呼応したように、周囲の水分が凍る音がした。

お兄さん自体は温かいのだけれども。

そして言いたい事を言ったララさんは去っていった。

そこまで言ってようやく、お兄さんはおれから手を離したのだ。

気のせいかもしれないけれど、お兄さんはララさんを、かなり警戒しているんじゃないか。

これまでお兄さんが、ここまでおれを抱えて見ないようにした御仁《ごじん》はいない。

皇帝の眼にすらおれを見せたのに、ララさんが見ないように……いやおれがララさんを見ないように、かな？

目を覆うなんてなかった気がするのに。

「……ララの奴、拘束の瞳の精度が上がったな」

ぼそりとお兄さんが、面倒くさそうに言った。拘束の瞳って何だろう。

「お兄さん、それって何」

「ああ、子犬にはきっと通用しない術だ。知ればきっと通じてしまうが……私が教えなくても誰かが教えるだろう事を考えると、私が教えた方がいい」

それは無知の防御にまつわる事かもしれない。

でも、知らないでいきなり、お兄さんのいない場所で説明されるよりも、聞いた方が対策を考えやすいかもしれない。お兄さんもそんな思いで、説明してくれるんだろう。

「拘束の瞳とは、瞳術の一つとも体質ともいえる。相手の心の無意識の部分に、制御をかけてしまう力だ。例えば、ある特定の人物だけは殺せないようにする、この術だけは使えないようにする、そう言った力だ」

聞いて背筋が寒くなる。その力はあまりにも、すごすぎた。

一体全体どうやって、そんな力を手に入れられるんだ？

人が一人で、抱えられる力じゃないのはすぐにわかった。

「ただしこれは水の神殿の、〝義の宝珠〟と呼ばれる魔道具に認められなければならない。その宝珠は、試練を受ける生き物の心の正しさを常に測っている。心正しくなければ、その力を分け与えない宝珠なのだ」

「だからララさんは、義のララって言われているの」

「そうだ。たとえ口でどんな事を言っても、心が正しくあるからこそ、ララはその力をいまだ宿している。あの力を十年以上宿すのは大変なのだがな」

だよなあ、簡単に暗示をかけられる力みたいだものな。

普通は力に呑まれておかしくなりそうだ。伝説の何とかとか、そういうのを手に入れておかしくなって、指名手配になる冒険者や、魔王の遺物を入手して力に溺れて、やっぱり指名手配になるやつらも多いのだから、ララさんがそんなすごい力を維持し続けるのは、すごい事だ。

でも。どうしておれを、隠したんだろう。

「お兄さん、どうしておれを隠したの」

「あれが私に対して、街の安全のために制御の暗示をかけようとしていたからな。それの余波を食らってはいけないと思ったのさ」

「余波なんてあるの」

「あるとも。それに酔うと動けなくなるからな」

体験した事があるように、お兄さんが笑った。

それ、が。

あんまりにも苦しそうだったから。

大昔、母さんがおれを師匠の所に置いて行った時と同じくらい、苦しそうだったから。

おれはお兄さんの方を向き、両腕を伸ばした。

深い意味なんてとくにはなかった。

ただお兄さんに触りたかった。

そして、一つ言いたい事ができてしまったのだ。

理由なんてそんな物だった。

伸ばした腕はちゃんとお兄さんに届いていて、お兄さんの血肉に触れる。

ちゃんとお兄さんは物体だ、と今更のように思った。抱っこされていたというのに。

温かいな、凍る系統の物にとりつかれているような物なのに。

お兄さんは人間の温かさを持っていた。

それが余計にお兄さんを、苦しめているのかもしれないと、だいぶ失礼な事すら思った。凍る力を宿して、いまだ血肉の温かい人である事が、お兄さんの苦痛かもしれない、と思ったのだ。我ながらひどい考え方で、でも完全に否定できる物でもなかった。一回浮かび上がってしまった思考だからだ。思いながら口を開く。

「お兄さん、一個言わせて」

「なんでも」

なんでも。お兄さん知ってる？

それだけの許しを相手に与える事の意味ってものを。

何を言っても許すっていうのは、普通はしたらいけない物なんだよ。

口を開き呪いの言葉を唱えるかもしれない、そういう世界なんだから。

でも。

お兄さんはきっと許すんだろう。

何者もお兄さんを傷つけられないんだから。

そして。

おれが傷つけさせないんだから。

……あのお嬢さんの時は失敗した、今度はちゃんと盾になる。

今度はお兄さんの手を煩わせたりなんてしないで、ちゃんと追い払う。

できてこその番犬だ。

できない番犬なんてよく吠えるだけの、役立たず。

お兄さんのためにならない。

「おれ、お兄さんが思うよりもずっとずっと頑丈だよ、すごく頑丈だよ」

「あれは頑丈かどうかの問題では」

おれの言葉に言い返すお兄さん。

確かに頑丈かどうかだけで済むものじゃないのだろう。

それだけじゃ、ないんだろうね。瞳の術だ、見ただけでその力を受けてしまうっていう、かなり強力な咒の一つだ。

体の強さでどうこうなる物っていうわけじゃないのは、よくわかってる。

自分の体だけで防げるものかどうか、なんてとっくにわかってる。

お兄さんの説明を聞いた辺りから、薄々それのとんでもなさくらいは、わかったつもりだ。

見つめるだけで、相手に制約を課す。相手の力を封じる事ができてしまう、拘束の瞳。ララさんが持っているという、その信じられないくらいに強い力が、どれくらいとんでもないっていう物なのか、多少はわかるつもりだ。

でもねお兄さん。

だとしてもおれは、言わせてもらうよ。

「だから、ならない」

その言葉を無視して、言う。言い切る。

迷ったりなんてしなかった。迷う場所がなかった。

お兄さんの顔に両手を当てて、まっすぐ目を覗き込んで、言った。

底が見えない黒い瞳に、言う。

鏡みたいに自分が映る目に、告げる。

「おれはそんな物に支配されない。おれはそんな力に制御されない。おれが制御されるのは盾師としての在り方と、多少の倫理観だけ」

お金も名声も、おれを制御しない。

おれを支配するのは、誇りだけ。

だからお兄さん、おれはお兄さんの怖がる事を起こさない。

おれはお兄さんを守るもの、お兄さんを怖がらせるものになってはならない。

お兄さんは動かない。信じられないのかな。

でも信じてほしいと思ったんだ、この時はっきりと。

「おれはそんなに信じられない？」

笑いかけたら、お兄さんが仰天したように目を丸くしてから、不意に笑った。

「驚いた、子犬に言い負かされてしまった。確かに子犬のありようは、子犬しか決めないだろうな」

「そうだよ、おれの在り方はおれしか決めないの。おれしかおれじゃないの。おれの進む道を決めるのはいつだっておれで、どんな形でどんなに強制された道でも、それにどんな感情を持っていても、従うと決めたならばそれは、おれの道なの。無理強いだって、思う事じたいが自分を侮辱する事だから。自分を許せない物にしてしまうから」

だからはっきり言えば、あいつらにこき使われていた時代だって、おれがその道を選んだ結果なのだ。ほかの人たちを怖がって、ろくに物を知ろうともしないで、怯えて恐れて従う事を選んだ、っていう道の結果。

おれ自身、反省点はたくさんあるけれども、無理やりあいつらと一緒にいる事になったなんて言うのは、思わない。

それもおれが決めた事だから。

「そうだな、道は常に選択され続けている。続けた選択こそ人生。どんな選択を選んだか、他人を恨むのではなく己を恨む方が、心安らかではないだろうが」

「お兄さんの言葉は難しい。でも言えるよ、おれは結局自己責任の部分が大きいんだ」

おれの真顔での言葉に、やっぱりお兄さんは吹き出して、あのからからとした声で笑い転げた。

「ああ、やっぱり子犬は私なんかよりもずっと強い心なんだな」

「お兄さんの強さが何を基準にしているのか、わからないから褒められているのかけなされているのか、いまいちわからないですよ」

「わからない事でかまわないさ。私はお前を強いと思った。たったそれだけの事実がそこにあるだけだからな」

底なしの暗闇の瞳が、きらきらと光って、満天の星空みたいだな、と馬鹿な事を思った。

思ったと、思ったら。

お兄さんの顔が迫ってきていて、もともと避ける理由も何もなかったんだけれども、沙漠の生活の割に柔らかい唇が、おれの口と当たった。

いつかの接触とは違って、噛み切る事もない、ただ羽が触れるような優しい当たり方だった。

あ、粘膜は熱いんだ、お兄さんも。

おれがまだ冷たすぎるのかな。

「この唇を合わせる選択も、無論《むろん》強制されない私の意志だ。子犬、これをよく心に刻んでおくように」

「何かのお守り?」

唇を合わせるまじないなんて、おれは聞いた事ないけれども、もしかしたらどこかの術であるのかもしれない、そんな物が。

だってそうだろう？ お伽噺《とぎばなし》の眠れるお姫様とか封印されたお城のお姫様とかは、こういう接吻で呪いが解けて目を覚ます。

そう言う何かのおまじないかな、と思ったんだ。

確かに巷では、恋人同士がこれをするらしいし、これ以上の事もするそうだ。

アリーズとミシェルは接吻くらいはやっていたし……ミシェルがいつも先手を打っていたけど……、マーサは聖職者だからそれができなくて、アリーズに恋心を募《つの》らせているけどかなわなくて、おれに当たり散らしていた。

だからそれくらい特別な事だとはわかるんだけれども。

おれとお兄さんの間でそれを交わす理由がいまいちわからないから、きっとこれは何かの術なんだと思ったんだ。

おれのこの言葉に、お兄さんは。

目を細めて、すごく柔らかい笑顔で、言った。

「ああ、私にとってこれ以上の強力な咒は、古今東西《ここんとうざい》どこにも存在しないくらいの、心強い咒ごとだ」

「どんな効果があるの」

「それは、内緒だ」

「ええー、教えてくれてもいいじゃないですか」

「こう言うのは、教えてしまったが最後、力を失ってしまう物なのさ」

そう言う術あるもんな、結構制約の多い術なんだろう。深く追求すると、そのすごく強い術が解けちゃって、お兄さんの迷惑になりそうだから、おれは聞かない事にした。

「できれば子犬にも、同じ術がかかってほしいけれども、そこまでは望まないさ」

「おれもかかるんですか」

「かもしれないというだけだ。かかる可能性の方が低いだろうがな」

お兄さんはくすくすと笑っていて、おれを見る。

なんだろう。言いたい事があるなら言えばいいのに、なんて思って見返していると、お兄さんが言い出す。

「この〝凍れる生贄〟にして〝沈黙の聖者〟、そして〝凍てる選別者〟と多様な忌み名を持っている私に、何の構えもなく目合せる事ができる子犬は、本当に貴重な相方だ」

今、聞いた事のない呼び名も出てきてびっくりした。

いいや、今聞いてしまう事にしよう。

「お兄さんの忌《い》み名？　いっぱいありますね。いつか聞こうと思ってたんですけど、どんな意味があるんです？」

この際だから聞いてしまえ。お兄さんの名前に対しての疑問がそろそろ追いつかないし。

「通称として、砂吹き荒れる土地に住む隠者だから〝沙漠の隠者〟または〝砂漠の隠者〟。」

これは皆普通に呼んでいる名前だ。残りが忌み名とよばれる、よくない方の名前か。

「ほかにも、寒空の祝福という、神がかりの力に触れ、それを体に受けているから〝沙漠の聖者〟。忌み名としては〝凍れる生贄〟。その力を語ろうとしない事を揶揄《やゆ》されて〝沈黙の聖者〟その力によって呪いを凍り付かせる事から〝凍てる選別者〟……まあこんなものだ、私を現す時に、他人は幾つもの呼びかけを行う。それは仕方のない事なんだ。私のような物を、一つの名前だけで呼ぶと、よくない事を呼び寄せやすいからな」

「……？」

なんで一つだけだとよくないの。紛《まぎ》らわしいだけじゃないのか。

「名前を呼ぶという事は大きな力だ。それの存在を他者に告げるし、本人にも言う事になる。その方向性が一つだけに向けられた場合、時々非常に面倒な物を招き寄せたりしてしまうんだ」

名前って重要なんだな、まあ、勇者の名前とか結構重要らしいし、その名前の力にあやかって、子供の名前を付けたりする事もあるんだから、当然か。

名前という、それを現す言霊を自分の子供にもつける事で、その恩恵にあやかろうってするんだったっけな。

いつか誰かが言っていた事だ。もう誰が言ったのか思い出せないんだけどさ。

多分師匠あたりだろうな、あの人術的な物に妙に博識だったし。

「それに」

お兄さんが眠るのか、とろりと少し緩くなった瞳で言う。

「多すぎる名前の持ち主と、持たない者では、均衡《きんこう》がとれてちょうどいいだろう？」

「おれとお兄さんはつり合いがとれているっていう事？」

「まあそうだな」

おれはじっとお兄さんを見下ろした。おれとは比べようのない大人の体格だ。

骨もがっちりしているし、とてもとても、つり合いの文字が似合いそうもない。

でもお兄さんは、つり合いがとれているという。お兄さんの中の何かが、きっとそう判断したんだろう。

俺が疑問を口に出す由縁《ゆえん》もない。

「ああ、でも」

お兄さんが呟いた。

「私の大事なお前を、形どるものが何もないのは、すこしさみしいな」

名前は強い術である。それは遠い昔にも聞いたものだった。

〝お前に名前は付けられない、付ければそれになってしまうから〟

遥か昔の父さんの声が、不意に耳に蘇った物の、おれはつい口に出していた。

「お兄さんがそれなら、おれをカタチどればいい」

お兄さんの瞳が、この上ないほど開かれた。

それは信じられない事を聞いた声で、信じ難いという顔で。

おれも言ってから、ああ、これは言ってはいけない物だったかもしれない、と思った。

おれを取り巻く無名の障壁を壊す事だからだ。

お兄さんが、それをあえて壊す理由はきっとない。

でも。

この人がおれの形を自在に作っていいとなったら、この人はおれをどう形どるんだろうと、思ったのだ。

そして形どってほしいと思ったんだ。

おれの形を、作ってほしいって思ったのは今が初めてで。

さみしいと、思われるのがとても嫌だった。

お兄さんにさみしいと思ってほしくなかった。おれが脇にいるのに。

呼べば振り返れる距離で、手の届くところにいるのにさみしいなんてさ。

言った事のない言葉のせいで、沈黙が流れて。流れて。

お兄さんが、静かに瞳を一度瞬かせて、いつも通りの瞳に戻って、問いかけた。

「では、とびぬけたものを、一つ、お前に与えよう」

「とびぬけたもの」

「ああ、名前は術でありまじないであり、持つ事でも持たない事でも己に枷をはめるもの。ならば持つ事で何よりも守られる名前を、お前に贈ろう」

お兄さんの断言からして、きっと相当な力のある名前をくれるのだろう。

「だから子犬、その名前を拒む事だけはしてくれるなよ」

柔らかく頭を撫でた手の温かさに、おれはこくりと頷いた。

お兄さんが手紙を机の上に置き、言う。

「さっそく子犬、お使いだ。これをギルドから砂の神殿に届けるように、手続きをしておくれ」

「書き終わったの」

「書き終わったとも。説明は単純な方がわかりやすいし、誰が悪いのかも明白になる」

相当単純に書いたんだろう。

ちらりと見えた文字列は、手紙としては短いように思えた。そのままギルドに降りて、手続きをして、戻ってきたらお兄さんは、長椅子で寝落ちしていた。

顔に布をかぶせて、上着に包まって熟睡しているから、おれは寝ぼけて引きずられないように、慎重に寝台に運んで、自分は床に寝転がった。

今日もいろいろあったから、とても疲れた。

ぱちんと目を閉ざせば、もう夢と闇のなか。

◇◇◇◇◇

死と眠りは、そっくりなものだ。ただ眠りには目覚めがあるだけ。

おれはその時、自分が死んだのだとわかった。そして同時に、目を覚ましたのだともわかった。

意味がわからないって、おれ自身が意味不明だから。なんか、
嗚呼《ああ》おれ死んだなって思って、それから、嗚呼おれ目を覚ましたんだなって思った。たったそれだけの事。

多分それは、今までの、欲しいものも思いつかないおれ、が死んで、欲しい物を見つけられるおれ、が目を覚ましたという事なのだろう。

「名前」

それをおれに投げかける時、お兄さんの表情はどんなものになるのだろう。

それがとても気になって、気になっていた。笑うのか、呆れるのか、悲しむのか、嘆くのか、怒るのか、ふてくされるのか。

きっとどんな顔でどんな声でも、呼ばれたらきっと、この指は血が廻《めぐ》るのだろう。

そんな事を思って起き上がれば、お兄さんはもう起きてどこかにいっていた。

どこに行ったんだろう。おれが気付かないって相当だ。

鍛錬が足りないのかな。それともお兄さんがそれだけ気配を消せる腕前なのか。

今までお兄さんの寝起きくらいはわかったのに……。

やっぱり最近腑抜けたんだな。迷宮にぼろぼろになりながら出かけて、死線を潜り抜けなかったからだろう。鍛錬と称して、お兄さん、迷宮に入っても許してくれるかな。

欠伸《あくび》を一つして起き上がって、立ち上がる。肩からずり落ちたのは、お兄さんの上着だった。

それを肩にかけたまま、たぶんこっちだろうな、とギルドの待合室に降りていく。

階段を下りればぎょっとした顔をされるが、おれ殺気すら出していないのだが。

「おおい、凡骨、それなんだそれ」

今日は朝いちばんからの勤務だったのか、マイクおじさんがおれを指さして言う。

「それって」

「それって隠者殿の上着だろう。そんな物羽織《はお》ってどうしたんだ、自分の上着はどこに行った」

「なかった、お兄さんの上着が代わりに掛けてあった。あれ目立たないから、隠れてどこかに行きたかったんじゃないのかな」

番犬を置いてというところが不服だ。後で文句の一つでも言ってやろう。

そう決めていると、マイクおじさんが何とも言えない声で言った。

「お前知らない間に結婚とかしてそうで怖いわ」

「できないだろ、おれ相手に誰がそんな物抱《いだ》くんだか」

「可能性が高いのがいるから、しょうがないだろう……」

何かあったのか、マイクおじさんが頭を抱えていた。

ちょうどその時だった、がたんとギルドの扉が開いて、お兄さんが姿を現したのだ。

うわあ。

現れた男に、冒険者たちが視線をやり、そして凍り付くのもわかる。

お兄さんそれはない……それはない……。

何せお兄さんときたら、返り血まみれのメイス片手に、普段見せないほど殺気でぎらついていたのだから。

普段欲なんて何もなさそうな顔をしているから、そのぎらつきはちょっと息が止まる。

近くで殺気に充てられて、失神するやつらが出ているくらいだ。

お兄さんがそこまで制御できない相手ってなんだろう。

おれはここで一番、お兄さんに近付いても怪我をしないだろうから、現状をどうにかするべく近付いた。

お兄さんは、おれの外套を羽織っていた。返り血まみれだけど、落ちるかな。

それ以外に問題のある部分はなさそうで、ちょっとほっとした。

まあ、お兄さんに怪我をさせる事ができる奴なんて、早々いないけれど。

「お兄さんたら、どうしたんですその格好」

『朝いちばんのミッションを一つ受けたわけだが、ランクが低すぎたんだ。おかげで殺意や狂気が抑えられなくてな。こういう凶暴な感覚は、一度荒れ狂うと始末に負えない」

ああ。

あるあるだそれ。冒険者あるある。

一度戦闘状態になった精神が、弱すぎる相手しか相手にできないで、消化されないで持て余すのは、冒険者なら何度も体験するものだ。

こんな事を言うおれは、盾師という戦うのではない職種だから、そういう感覚に切り替わる事がまずない。

守るために戦う事に、殺意と狂気はいらないのだ。

しかし、倒すためなら話が違っていて。そういう物を持たないと、手元が狂う場合も多い。

相手が上級で、視線だけで気圧されるような邪眼《じゃがん》もちだったら特に。

お兄さんは道具袋からどさりと、大きな防水の袋を取り出す。見るからに重たそうなそれは、明らかに何かの腑《はらわた》だった。

朝に出没する魔腑物で、腑が役に立つと言えば。

「驚いた、森林樹蜥蜴《とかげ》の腑なんて。あれ結構打撃に強いから、お兄さんのメイスでは難敵でしょうに」

魔物の推測をしてみると、お兄さんはそうでもないという。

「あんなものは、頚椎を一撃すれば事足りる。もっと手ごたえがあると思ってかかった私が愚かだった」

素材の受付にそれを出すお兄さん。森林樹蜥蜴《とかげ》の腑は全部、薬効があるから一匹でも袋が重たくなる。これだと三匹くらいはやってそうだ。

これは解毒に有効な物が多いのだ。

「ミッションで、雄雌《しゆう》一匹というからやったら、腹の中に子供がいた、悪い事をしたものだ」

お兄さんがどこか申し訳なさそうに言って、ああだからこの袋重たいのか、と納得した。

腹から出す前の卵もあれば、重たくなるだろう。

お兄さんは受付に渡し、お金を受け取ったと思えば、まっすぐマイクおじさんの所に行く。

「マイク、もう少し上位の物をよこしてもらいたい。……珍しく感情を制御できない。下手すればこのあたり一帯を氷漬けにしてしまいそうなんだ」

「……あー、だから凡骨の、遮断の力がある外套《がいとう》をとって行ったんですね……闇柿渋は、外と中を遮断する力も強い……」

「お兄さん、おれが一緒だといけなかったの」

近くにいるままに文句を言う。

「おれがいれば、凍らせないって言ったのあれ嘘なんですか」

「孤独ではな。それ以外では凍る場合があるのだ、困った事に」

お兄さんはふうと息を吐きだした、見るからに熱い息だというのに、空気は冷え冷えとしていた。

だからおれは、お兄さんに申し訳ないと思いつつ、手をひらめかせた。

人間が昏倒するぎりぎりの一撃を、後頭部にくわえたわけである。当然お兄さんは、予測していない方からのそれで、がっくりと膝をつき倒れた。

「って、お兄さん熱、熱あるし！」

支えた途端に燃えるように熱くて、おれは悲鳴を上げた。

戦闘熱じゃない、ただの風邪の熱で、力制御できないだけだろお兄さん！

ぎょっとした顔を隠せないまま、その体を持ち上げた時だったのだ。

お兄さんの双眸がぐるりという音とともに開き、それを合図にしたように、ばたんばたんと二つの扉が開いた。

片方は事務室の方で、もう片方は鍛錬室の方だった。

「さがれマイク！」

男の人が、近かったマイクおじさんを背後に押しやる。

「誰だい〝ふうじかせ〟の咒法を解除したのは⁉　そこのちび助、その男を置いて下がりな！」

怒鳴ったのはララさんだ。切羽詰まった声である。

「は、え、なにが」

何でそんなに。

お兄さんが目を開けただけじゃ。吹くはずのない風が吹くまで、おれはそんな事を考えていた。

そして抱えていたはずの体がおれに縋《すが》りつき、ぐるりと獣がこすりつけるように顔をこすりつけてきた。その冷たさは、人の物じゃなかった。

え、何が起きたの。何でこんなに冷たいの。

その温度は、死んでいく人の体温に似ていた。

「お兄さんちょっと普通じゃない体温の低下だよ⁉　えっとこの場合どうするんだ⁉　そうだお前、なんか温度上げる術知らないか！」

冷たさに引きつる、低体温を超えている冷たさだ、このままじゃ死んじゃう！

人間の体は低体温で動けるようにできていない、よくて昏倒最悪は死亡。お兄さん死んじゃうじゃないか！

腰の紐を加減なく引っ張ったせいで、ぶちりと呪いの集合体の封印がちぎれる。

ばららららっと開いた本の二つのページが、両目の形の模様を描く。

『いひひひひ、ぐふぐふぐふ、温度ってのはどの温度だ』

「とりあえずおれの体温上げて！　いきなりお兄さんの体の温度上げるより、多少間に何かあった方がいいだろ！　ゆたんぽくらい！」

『そうさもない！　おいらたちをなめるなよ？』

ぎゅいいい、とおれの周囲に描かれた魔法陣。かっと燃え立つように熱くなる体に、ちょうどいいと本気で思った。

これならお兄さんは凍えたりしない。縋りつく体をいよいよ一層抱え込んで、おれはこの場から動けないな、どうするかな、と思案した。

魔法陣を描く術は、その魔法陣から出て行ってしまったら効力が無くなるのだ。

それくらいは知っているわけだ。

しかしここは天下のギルド待合室、今は早朝、これからどんどん人が集まる時間になる。

うわあ、必死過ぎて悪目立ちの選択になった。

しかしここでおれの体をさますのはちょっと嫌だ。

お兄さんは茫洋とした瞳のままに、おれの体にくっついて温まっているし。どうすっかな。おれはとりあえず、とりあえず……。

「やった後で言うのあれだけどこれからどうしよう、マイクおじさん」

助言を求めたわけですよ。

「とりあえず、礼を言うしかないだろうな……」

マイクおじさんにいったのに、そんな訳のわからない事を言いだしたのはドリオンだった。

なんでだ。

「そいつの封じている〝氷界の意識〟が、お前が体温をあげて温めているおかげで、周囲に影響を及ぼさない。これは本当に想定外だ、お前は本当にただの混血とは思えない頑丈さだな」

ドリオンは周囲を見回し、どこも凍っていない事に安堵《あんど》している。

小さく、氷の世界になるかと思った、何て呟きすら漏らした。

「……そのかわりに、がっちがちに因果がからみついちゃってまあ……これを切るとなったら相当骨が折れるわね」

目を細めているララさん。何か見えているらしい、因果とかいう物が。

そしておれの方を見る。視線を合わせないように、と思ったけれど、反射的に相手の眼を見てしまった。

「っ！」

日と目が合ったその時に、ララさんが小さく悲鳴を上げて目を覆った。

「凡骨ってマイクは言ったわね、あんた私の眼を見るんじゃないよ、眩しすぎて目がつぶれる」

「え、あ、はい」

彼女の眼を潰《つぶ》すものなんて持っていないが。

ララさんが言うのならそうなんだろう、と納得させて視線を彼女の襟元にやる。

彼女は清潔感のあるシャツを着ている、好感度が高い。

おれも実は清潔な衣装の方が好きだし、綺麗な衣装にいい匂いの虫除けを焚《た》いて香りをつけておくのも好きだ。

綺麗好きなのはいい事だ、何しろ冒険者ときたら、その辺を忘れがちなのだから。

「ふう、こんなに目がくらむ術式にまみれている相手は初めて見たよ、おまけになんだい、肉の向こうにとんでもない物を憑かせているときた。ああ、目がまだ痛い」

ぼやいたララさんは、ドリオンさんに言った。

「ドリオン、あんたその二人を二階に運びな」

「運べるのか……？」

『やめとけぇ、おれさまの術式に簡単に触ったら後が怖いぞお』

懐疑的なドリオンさんに対して、聞こえない声で呪い本が呟く。

「あ、辞めた方がいいらしいです、本が言ってます」

「本？　そっちの外見だけが本とかいう、呪いの集合体の事かい」

そこまでララさんの眼は看破《かんぱ》するのか……すごい眼を持ってるよな。

確かにお兄さんが苦手なのもわかる。きっといろいろ丸裸になる眼なんだ。

「ああ、まあそれですよ。それが……」

「それと意思の疎通ができるのかい」

「……できたら変ですか」

言葉の途中で問われて答えたら、ララさんが頭を抱えた。ドリオンさんが諦めろと言いたげに、その肩を叩いている。

「ララ姉貴……隠者殿もその盾も、普通ではないのだろう。もともと普通でない物を引き寄せるのが、隠者殿の日常だったはずだ」

「大概は呪いの集合体なんてものの意識に接触したら、それに体を乗っ取られて意識が無くなって操り人形なんだよ！　どこまであんたら規格外なんだ！」

ぼやいたララさんだったけれども、ぼやいても何も進まないって気が付いたらしい。

不本意らしい顔で、おれとお兄さんを包む魔法陣を見下ろす。

「凡骨……ここだとあんたも隠者も変なのに目をつけられて厄介だから、さっさと二階の部屋に戻っておくれ」

「お兄さんが凍えてしまう」

つい反論したのは、お兄さんの手がまだまだ冷たいからだ。

でもララさんの方が物事の先が見えていたらしい。

「あんたの体が冷え切る前に、部屋に戻ってかけ直せばいいだろう。その体が出してる熱は、そんな一瞬であんたのお兄さんに冷やされる熱量じゃないよ」

「……はあい」

おれの心はいくつかの天秤にかけられたものの、ここで迷惑をかけるよりは、部屋に戻って迷惑をかけた方がいい、と判断したわけだった。

「呪い本、ちょっといったん術切って」

『おうとも』

ばちん、と術が消えて一転、周囲が夜中の一番寒い時間以上に冷え込んだ。

「さっさと！」

言われるまでもないおれは、そのままお兄さんがしがみつくまま、階段を駆け上って一目散に部屋に突っ込んだ。

突っ込むと同時に、呪い本がさっきの温度を上げる術を使ってくれて、おれ自身も一息つく事ができた。

☆☆☆☆☆

「まったく怪物には怪物の嫁ができるのかね」

ララは視線をやった。視線の先には足跡の形に凍る床。

あの盾師が接触した部分が凍っているのだ。

隠者に触れている盾師の足跡の形に、凍る床を、愉快だとは思えない。

「触れるものみな凍らせる……代々〝凍れる生贄〟が科せられた呪いだってのに、あの盾師だけはそれが効かない。あの男が自分に背負わせた九つの封印の一つが外れたってのに、全然恐れないで手を伸ばす。……あの男も縋りつく。手を伸ばし返す」

ララは知っている。九つの封印。あの男が、その甚大な力を誰にもぶつけないようにするために、己に刻んだ九つの制御。

それに立ち会ったのだ。三人の承認が必要で、このギルドのトリニティがかかわった。あの時の事を思い出すと、ララは身震いする。

せまい地下室で、血で描いた約定陣。それが氷の雷鳴を伴い、すさまじい圧を持ったままあの男を包んでいた。

「死ぬのかい⁉」

雷鳴はあの男の肉をえぐり続けた。死ぬ気だと思って、止めなければと叫んだのを思い出す。

「死なないさ、死ねないのさ、この程度で」

男は笑った。何が変だ、何が異常だ、と言いたげな瞳で笑った。苦痛を全く見せない顔で、あちこちに雷鳴の痕が走るようになり、見ていられないほど悲惨になりながら、笑った。

「私を舐めるな、ララ」

全てが終わった時、あの男の魂の形は恐ろしく変わっていた。削られ過ぎて、人間の魂の形をしていなかった。

それからだ。あの男が、激情を見せなくなったのは。

凍る床を処理するように、従業員たちに指示を出したララは、息を吐きだす。吐き出して弟分のドリオンを見やった。

「諦めなドリオン、あの盾師を自分の傘下に置くなんていうのは。大方あんたの所に所属する、あの聖騎士とバディを組ませたいのだろうが

「実に相性がいいと思ったんだが、やはりだめか、ララ姉貴」

「それで国一つ極寒の世界にしろってか？　ドリオン、欲が深すぎるよ。先代の〝凍てる生贄〟も先代もその前もその前も……自分の役割がどれだけ偉大か知りながら、誰も近寄せられない孤独、触れた相手を軒並み凍死させるから発狂しただろう。……あれがあれだけ長生きである事が、あの存在という事を考えると驚異なんだ」

ララは知っていた。先代も先々代も、〝凍れる生贄〟は寒い寒いと言いながら、炎すら凍らせる因果の所為で温かい事すら忘れ、人の声が届く場所にいる事もできない己の結果、狂気に侵され次代に命を絶たれた。

〝寒空の祝福〟という、世界を浄化する、人間を嫌う力を次の封印者に引き継ぐためには、それしかなかったのだから。

そして驚くべきは、〝寒空の祝福〟が宿主の記憶を記録し、次代に与える事だろう。

当代が、己の力を制御し、他者との間に生きる事ができるのは、その膨大な……多すぎて持て余すような記録……を活用しているからだ。

そして当代が非常に知恵の回る、言い方が悪いが悪知恵の回るやつだからこそ、〝寒空の祝福〟の漏れを利用できるのだ。

「……十年だよ、ドリオン。十年、も。当代なんだ」

「……」

「長くて半年というサイクルのあれが、十年も維持されている、これをどう思える」

「……」

ドリオンは言えない。彼は当代以前を知らない。

引き合わされた時から、〝凍れる生贄〟はあの男だった。

人を食ったような顔で、誰とも合わせない歩幅で、世界を泳ぎ渡るあの男しか知らない。

「当代を発狂させた場合、新しいのを一から探すのは厄介だ。あれと同じかそれ以上の頭の回転の奴で、野心がなく、全てを棄ててもいいと言える奴。愛するものを全部手放して、孤独で発狂してもかまわないと思える奴。当代があんなのだから、あれみたいなのでいいと思うのは危険だ。当代は異例過ぎる。〝寒空の祝福〟を制御下に置き、それのない土地のケガレをその力で浄化するなんて荒業《あらわざ》を使いこなす。そんな奴はこれから千年現れない」

「あの程度の男を、ララ姉貴はかなり買っている」

ララは鼻を鳴らした。あの程度？　ドリオンの眼の悪さに呆れてしまう。あれを程度にしてしまうなんて、馬鹿な尺度だ。

「尺度が馬鹿だね、ドリオン」

「姉貴、ひどくないか。それに姉貴が買っているのは事実じゃないか」

「ああ、買っているさ。この二つの眼が、あれのとんでもなさを映し出す」

ララは自分の眼に指を這わせる。手に入れた時から試され続ける事になった、尋常ではない力。誇りでもあり、凶器でもあり、武器でもあり防具でもあるそれ。

美しい、善を示す南の七つ星を、瞳のなかに宿す事になった彼女は、言う。

「切り刻まれた縁と罪業、そして絡み絡まれる因果は血色。さらにあれの裏側で眠るのは怪物ちゅうの怪物。世界一つ亡ぼせる罪業はまさに魔王と言ってもおかしくない。……あれが道を踏み外したら、魔王と称される物になるほどのものを、あれは科されているんだよ」

一人で、十年も。

息を一つ吐き出し、ララが呟く。その前提が覆された。孤独であったあの男の、全てを覆す生き物が現れたのだ。

「だというのにあの盾師は当たり前の顔で、人だという顔で、当代に手を差し伸べる。握って繋いで触れて、最後の最後にゃ庇いだす。おかげであの盾師の体中に、当代の執着と伸ばされた縁が巻き付いた。……私が心底恐ろしいのはね、ドリオン」

ララの声はどこかに投げかけるような、独白に似たものだった。そう、ララが恐れるに値すると判断したのは、膨大な力を宿された隠者などではなかった。

もっと恐ろしい生き物が、目の前にいたのだ。

「当代じゃなくて、あの盾師なんだよ。がんじがらめに気付きもしないで、どんどん縛られて囚《とら》われていくのに、絡むものの強さも重さも、ものともしないで、おのが心のまま、自在に飛び回る事ができる」

あの盾師なんだよ。

ララはその存在が真実理解不能だと言わんばかりに、大きく身を震わせた。

「そのありようは、至近距離の北極星ほどのまばゆささ。眼をくらませてくらませて、壊しかねない」

「言い過ぎじゃ」

「お前にできるかい、ドリオン。凍ると知りながらあの男に手を伸ばす。死と紙一重のなかであの男を心の底から信頼する。どうなったって手を伸ばして庇って守る。ただそうあると肯定する。傷をえぐらないで笑いかけ続ける。どれも、誰もできなかった芸当さ。……それにね、ドリオン。あの目を見たかい？」

「銀色の眼だろう」

「あれはそんな陳腐な目じゃないよ。あれは悪術を弱体化させる、北の七つ星の中央、至耀星の色をしている。……会ってわかった。アリーズたちがあの盾師がいる間、外道《げどう》に落ちなかった理由がね」

「は？」

「そうだ、いつになったらあたしはアリーズに会えるんだい？　ドリオンが尋問《じんもん》したから、一度も顔を合わせないままになってしまったけれども」

「ララ姉貴は会った事が無かったのか？」

「ないに決まっているだろう？　大概の事はジョバンニなんだ。あたしが出てくる事は滅多にない」

「いや、あっていると言っていたが……」

ドリオンの声に、ララが眉をひそめた。

「どうやらアリーズとやらは、あたしの眼に晒される事を嫌う何かを、持っているみたいだね」

追放した以上、関われないかもしれないけれども。とララは呟いた。

「いやな予感がした気がするよ、まあそうでもないのだろうけれどさ」

第二章　眼奥の異形

部屋に着くまでぎりぎりだったんだ。本当に。

いや真剣に凍え死ぬ可能性が、頭をかすめたくらいだ。

お兄さんの凍てる力はやっぱり、普通の魔術師が扱う物とは一味も二味も違う。

呪い本の術で温まった体をさすっていると、やっぱり指先が恐ろしく冷たい。

これ以上の距離を移動するのは、命がけになるだろう。

生き物は低体温になると冬眠する、そんな種もいるが人間みたいな見た目の奴で、冬眠ができる種はいない。

そしてオーガもエルフも冬眠なんてしないんだから、低体温は命の危機なわけだ。

「まさかお兄さん抱えて凍って死ぬかもしれなかったとは……」

想定外過ぎる。

しかし。

がっちりと首に腕をからみつかせて、離すまいとしている意識の殆どないお兄さん。

開いた眼の向こう側で何を見ているのか、おれにはわからない世界であり領域だ。

「お兄さん」

ちょっと試しに呼び掛けてみる。眼が開いているなら意識も、とちょっと思ったがそれはだめだったようだ。

名前を呼んでも、お兄さんの意識はこちらに向かない。

もう一回、もう一回。

三回呼びかけて見た時だ。

お兄さんがようやく振り向いたのだ。

ぱ　ち　ん　。

何かがその瞳の中で、尾を揺らした。正体はわからない。

……おれの知るものとも思えない。

眼のなかに何かがいる、というのだけははっきりとわかった。

お兄さんの長い睫毛のなかにある、深い深い海の底よりも深いだろう瞳のなかに、何かが泳いで

いるのだけは、わかった。

そして泳いでいるなにかが、おれの呼びかけでこっちを見たのも。

ざわざわっと、背中の毛が一気に逆立った。やばいやつだこれ。

とんでもないものが、今、全ての意識をおれに向けている。

なんかとんでもない物、すさまじい物がおれをじっと、見ている。

お兄さんの目を通して。

口を開いても何も言えない、何も言葉になってくれない、本当にどうしたらいいのか。

固まっていても、お兄さんの腕がほどけるわけじゃないから、至近距離なのも離れられないのも変わらない。

つばを飲み込んだ。

ばちん。

またそいつが瞬いて、緩やかに笑った。

やさしいやさしい笑顔だった。

「あ」

お兄さんと同じ形の笑みだった。

こいつは、お兄さんと同じ笑い方で笑うのか。

その事で少しだけ、怖いと思った何かが削《そが》れた。そうか。

これは怖がるだけでは、いけない物なのかもしれない。

だから何とかありったけの根性を、ひねり出して。

問いかけた。

提案をした。

「こんな堅い床の上じゃなくて、もっと柔らかい寝台で寝ませんか、どうせ寝るなら」

床は痛いでしょう。どうせなら、そこの寝台で、どうです？

ばちばちん。

またそいつが目を瞬かせた後に、寝台の方を見る。

首を緩やかに横に振った。

「いやなんですか、またどうして。体が痛くなりますよ」

答えはなく、ただ、ただ。

（てをはなしたらそのとき、いなくなるかもしれない）

そんな意識らしきものが、おれの頭の中に入ってきた。

え、なにこれ。お兄さんの中のおれの意識？　どうやって頭の中に言葉を流すんだ……？

さすがにぎょっとしていれば、それはまたその意識らしきものを流し込んでくる。

（いつのじだいも、ふれられなくなるのが、いちばんさみしい）

なんだよ怖がって損したな⁉　こいつただの寂しんぼじゃねえか！

その一言のために、おれの中にあった怖さとか遠慮とかが一気に消し飛んだ。

本当に消し飛んでしまって、残ったのは呆れたような思いだけだったのだ。

この寂しんぼどんだけ寂しんぼなんだよ、一人が嫌いなのか。

よしよしわかったわかった。いつもはお兄さんの方が年上感満載で、大人なのにこの何かわからない、お兄さんの中に巣くっているぶつはおれより子供っぽいわけか。

なら子供の対応でいいや。怒らなさそうだし。

「大丈夫ですよー。おれはお兄さんから離れないって決めてますからね。たとえ離れても何が何でも戻ってくるのが、おれですから。それに目の前にいるんだから、離れているも何もないでしょう。一緒に寝ますよ、あなた熱出して体が弱ってるんだから」

これを聞いて、瞳が三回くらい瞬いた。唇がちょっととがる。面白がるような、呆れるような、でもとてももうれしそうな。

(へんなやつ)

意識がいくつか重なったような音を交えた。おい、いま何重奏だった。軽く五人分の音だったぞ。

しかし、お兄さんは前に言っていたではないか。

己は体の中に悪魔を飼っているとかなんとか。

きっとこれがその悪魔の意識っぽいものかもしれないし、今の所おれに危害は加わってないし、お兄さんという意識が封じている物が顔を出した程度である。

変な物に乗っ取られたわけじゃないだろう。ララさんも、ふうじかせとか言っていた。封じ、だから中にずっといたんだろう。

でも顔出しただけで凍り付かせるとか、とんでもねえなこの悪魔?

「まあまあ。いつもは一緒に寝たりしませんけど、今日は特別一緒に寝てあげますよ。朝っぱらから暴れまわったりしてるから、熱の周りが早くてそんな事になるんです」

言いつつ抱き上げ抱え込み、おれは片手で寝台の敷布をめくり、おれごとその中に飛び込んだ。

それがよっぽどびっくりしたのか、じたばたと動いたお兄さんの体だったが、胸に頭を抱えて背中を叩き、子守唄を囁《ささや》くうちに静かになった。

「……おれも寝よう。朝寝なんてなんて、贅沢なんだ」

呟きつつ目を閉じながら、周囲の気配を探る。

あー、やっぱりいろんな奴がここに結界をはって、おれたちをこの中に封じ込みにかかってやがる。

なんでわかるか、勘だ。

そしておれのよく聞こえる耳が、ぶつぶつ言っているのを拾い、それを総合するとそう言う事だったわけだ。

まあしかし、外に出たけりゃぶち壊すまで。

ララさんたちは閉じ込めるなんて言わなかったから、そんな事するのに事前の通知がないのが悪い。

そしてお兄さんが回復すれば、大概の術は敵じゃない。

つい笑いそうになりながら、おれはいよいよ抱き枕になる事にした。

風邪なんて、しっかり休めば一日で大体治る。体がしっかりしている冒険者なんて特にそうで、お兄さんもそう言った意味では例外じゃなかったらしい。

身じろぐ気配で目を覚まして、はてどっちが起きたのかと思ったら、

「子犬、柔らかい布団は嫌いだと言ったのに、どうした」

いつものお兄さんの声が降ってきて、反論するべく口を開く。

「お兄さんの中のお兄さんじゃない物が出て来て、しがみついて離れなかったんですよ」

「よく氷漬けにならなかったな、普通はそれで凍って死ぬんだが」

氷漬けなんですか、死ぬの確定なんですか。寂しんぼうどんだけ物騒《ぶっそう》なんだ。

「呪い本の便利な術のおかげですね」

間違いなく。

欠伸をしながら体を起こし、お兄さんを軽くにらむ。

「一つ言わせてもらいますけどね、体調不良で外に出て、風邪なんて悪化させるのは、ちっちゃい子供と同じですよ、お兄さんの扱いを格下げしなきゃいけないわけですか」

「……それは、すまないな。風邪なんてもう何年も引いていなかったから、すっかりそれの感覚を忘れてしまっていた」

「ちなみにあのなんかわからない寂しんぼ何者です？」

「あれが〝寒空の祝福〟であり、それが食らった意識の集合体だ。〝寒空の祝福〟を身内に宿しながら命が絶えると、あれに意識がこびりつくらしくてな。色々な人間だったり獣だったりの意識が、重なっている」

「……じゃあ皆さみしんぼだったのか」

思わず突っ込みをいれてしまう。どんだけ他者との交流に飢《う》えてんだよ。

もしかして、近寄ったらみんな氷漬けになるから、孤独でいるしかなくって、寂しんぼうになるものなのか？

というかそういうか。

「お兄さんって本当に人身御供《ひとみごくう》だったわけですね」

しみじみ言うと、お兄さんが呆れた顔になった。

「何をいまさら」

お兄さんからしたら、確かに今更かもしれない。

「いやおれから見たらちょっと世間を棄ててるだけの強いお人だから、人身御供にされたというあたりがいまいち理解できていなかったというか」

だってお兄さん、すごい強いんだもの。

死ぬ事を強制された奴っていう感じがしなかったのに、あんなもの体の中に封印しているというとなんか……しっくりくる。

ああ、そうか、名前は伊達《だて》じゃなかったな、と。

「そうだな、私は歴代のなかで一番長生きだし一番あれを押し込んでいるから、子犬の目にはそう映るのかもしれない」

緩くおれの髪の毛をいじりながら、言われた。お兄さんが一番？　当たり前だ。

「当たり前でしょう、おれのお兄さんが一番じゃなくて何なのさ」

「……」

おれを飼いならすような事が簡単にできるんだから、おれの誇りを傷つけないで己のしてほしい役割を演じさせる事ができるんだから、お兄さんが一等賞だ。

心底そう言い切れば、お兄さんはおれの頭を思いっきり撫でまわし、顔をそむけた。

「やれ、顔が熱い」

耳まで赤いから、ああお兄さんちゃんと体温あがったな、と指先の温度も確認してほっとした。

◇◇◇◇◇

ギルドの受付付近で、早朝に起きたあの出来事は、おひれどころか胸鰭《むなびれ》までついて、あちこちに広がっていたらしい。

数日たっても、周りのじろじろとした視線が変わらないのだ。興味本位なのか恐れているのか、いまいちわからない視線だ。

おれは正直いい加減にしてくれ、客引きじゃないんだと思う。

「視線、うっとうしくないですか、お兄さん」

「視線と言う物にだけは、慣れている」

穴が開きそうなくらい見られているのに、お兄さんの声はいつも通りで、不愉快だとか思っていなさそうだった。

それがすげえわ。それだけ慣れているのがすごい。

それはやっぱり、お兄さんが隠しているらしい過去に関わるものなのだろうか。

聞いてみたいとはあまり思わないけど、時々お兄さんの行動とか思考の中に、おれは上流貴族の片鱗を見る気がする。

以前アリーズが言っていた。

『上流貴族は僕たちとは色々な物が違うけれども、一番目に見えて違うのは仕草。大体これで見分けられるんだな。実は』

なんて。最初は嘘だと思ったけれども、たくさんの階級を見るようになった今なら、その意味もわかる。

上流貴族と言う階級は、とにかく視線に慣れているのだ。見られる事が当たり前と言う姿勢で生きているやつが非常に多くて、どこでも見られても気にしない。もしくは気にしないようにふるまう。

更に仕草のいちいちに、焦った物がないのだ。優雅と言うのか暢気と言うのか、判断に迷う物ではある。

そう、お兄さんのつねに余裕のある態度と、上流貴族のあれこれは、あちこち似通っているのだ。

しかし、おれはお兄さんが本当にそう言う身分だったか疑問になる。

だってそんな身分の人が、平然とした顔であたりの雑草を、食べられるか調べないと思うんだ。

そう言う階級でご飯に困る事ってないと思う。

勝手な想像だけれども。少なくともそう言った、食べるものに事欠いたような行動もするお兄さんの昔の立ち位置は、真剣にわからない。

お兄さんの中で、話す事でもないらしいし。

それは置いておいて、早朝のギルドのカフェテリアは盛況だ。

何故って、ギルドに所属する冒険者たちが、朝ごはんを食べに来るからだ。

色々な理由で来ているから、色々な職業の人が集まっているし、一つのチーム全員で食卓を囲んで会議をしながら朝ごはんを食べているのを見たと思えば、一人で複数のメニューを満喫している奴もちらほら見かける。

なかには食べながら、欲しい仲間に声をかけて、朝ごはんに誘うメンツもいる。

朝ごはんを食べながら、今日の仕事のために皆動いているのだ。

ここはかなり自由な場所だ。マナーをそこまで厳しく言われる事もない。

それに、厳しかったらそんなの、皆嫌がって来なくなる。つまり自由だ。

しかし壁の張り紙に、何か禁止事項が書かれているらしく、アリーズが前に読み上げていた。たしか、お残し厳禁だったか。

このカフェテリアの食材費用は、ララさんの財布から出ているという噂もあるから、それは当たり前に求める事だろう。

このカフェテリア、本格的な台所をが設置されており、奥では油が高温になる熱気と一緒に、食材を炒める濃い匂いや、とろびで何日も煮込んで、飛び切りの舌触りに仕上げたスープの、ふわっと嗅ぐだけでは、食材の種類を当てられないような、取りあえず塩味のいい匂い、と言いたくなる匂いもする。他には、一般的にベーカリーとか言われている所から焼き立てをそのまま持ってきた

各種パンの、ちょっと甘くてそれ以上に香ばしくって手が出てしまう香り。

重労働組と言われる、とにかく体力を使う職種のために、厚切りのお肉や燻製肉《くんせい》、たっぷりの卵だったり煮豆だったり、食べ物に規律があるような職種のために、色々な野菜の食べ物が置かれていたりする。

このギルドの朝ごはんは、かなり特殊だって話で、ほかの所ではこんな盛大な朝ご飯はないのだとか。

それだけここの成績が抜群という事を証明しているらしい。

「ここの朝ごはんがこんなににぎわっているとは知らなかった」

「お兄さん北区にいたのに？」

「徹夜で書物を読みふけり、解読を行い、空が白白してから寝る生活を続けていたからだろう。私はそのせいで、余計に朝が弱くなった。ここはどういう仕組みになっているのだ」

「そこに積まれている物をこのお盆に乗せるだけ」

「それだけでいいのか？」

「このお盆が特殊らしくって、食べた分だけ料金請求されるんです。ここに一回自分のタブレット差し込んで、自分の職業とか記録させるんだって聞いてます。ほら、職業によってはたくさん食べないと動けないのもあるでしょう？　その分値引きがあるとか」

「……ああ、たしかにそこの張り紙に書いてあるな」

お兄さんはおれの読めない張り紙を、じっと眺めて言う。

「しかし面白い。パンを焼きなおすのは自分でやっていいあたりが」

「好みは別れますからねー」

言いつつおれは、もう選び始めている。

街に来なければ酵母《こうぼ》で発酵《はっこう》させた、気泡のあるパンは食べられないので、それをとにかく積んでおく。頭くらいある丸いの、頭のない型に入れて焼いたやつ、長い形を半分に割ったの。材料が違う、色の黒いの黄色いの、とにかくどんどん乗せていく。

「子犬はパンが好きなのか。それは知らなかった」

「砂漠じゃ発酵させられませんからね。こういう時しか食べられない」

おれはお盆の脇に、これまたどさっと炙り燻製肉を乗せた。これも、かりかりになるまで、じりじり焼いた薄い奴と、さっと油を落すくらい焼いただけの、肉にくしい厚切りのどっちもである。さらにはかじると絶対にぱりっていう香草入りの腸詰《ちょうづめ》、あとは酸っぱいキャベツ。

これが第一弾だ。

「……これだけ食べる子犬に、私はかなりひもじい思いをさせ続けていたのだな」

その量を見たお兄さんが、すごく反省した声で言い出す。

おれは慌てて言った。

「おれは食いだめができるんですよ！　この前たらふくお肉を食べさせてくれたじゃないですか。あんなにお肉食べるのだって、すごく久しぶりでうれしかったんですって」

「だが、その量を食べても満たされない胃袋なのだろう？」

「……一回、心行くまで食べた後は、その時が来るまであんまり一杯食べなくても、動くのに問題が出ないんです」

凄まじい空腹のときは止められないけれども、そうでなかったらそこそこの量で満足できちゃうのだ。

まして、食材などに限界がある沙漠とかでは、制限がしやすい。

意識の問題なのかそれとも、混血の結果そうなったのか。

そういえば、どこかでオーガは食いだめができると聞いた気がする。その特質とかいうものが、おれにも表れているのかもしれない。

「だが、やはりいけないな。子犬を連れて、独り身の気楽さの気分でいてはいけなかった。きちんと、食べさせる相手ができたと思わなければいけなかった。私のうかつだ」

おれはぽかんとした。お兄さんのうかつだとは思わない。

それに、これだけ全開の食欲を見せたのは今日が初めてで、うかつって言われる事になるのか。

あんまり口を開けたままにしていたからか、お兄さんが少しだけ笑って言った。

「なに、当たり前の事を言っているだけで、そんな呆けた顔になるな」

お兄さんはお盆を持っていないから、片手で軽くおれの頭を叩いた。触った程度だ。

「それに、あまり呆けていると食べている時間が無くなってしまう。存分に選びなさい」

「あ、はい」

おれはそこで、朝ごはんは時間が決まっている事実を思い出した。

それから、出されている食事をじっと見つめて、言う。

「だめだ、病み上がりに優しい食べ物がない」

皆、油が強い。腹持ちがいい。そういった、仕事のための食べ物だ。

どう見たって、風邪でとんでもないものの制御ができなくなっていた、弱っていたお兄さんの食べやすいものがない。

仕方がない。

おれはお盆の分の代金を、自分の財布から支払って、台所に声をかけた。

「すいません、おだいどこ借りていいすか？」

「ちょうど熱源は一つ空いたけれども、何がしたいんだい」

「病み上がりに優しい食べ物を作りたいんです、あ、材料はおれが持ってます」

「子犬、そこまで気にしなくても」

台所を借りるのはやりすぎだと思ったのか、お兄さんが止めようとしてくる。

だがおれには言い分がある！　反論できない奴だ！

「だーめーです！　お兄さん、すきっ腹にいきなり普通のご飯食べると辛いの知ってるのに、こっちは知らないんですか？　病み上がりに本気でご飯食べると、胃袋よじれて死にそうな気分になるんですよ。おれそれでも、いつも本気でご飯食べなきゃいけない生活でしたけど」

そう。師匠に連れられてあちこちとんでもない場所にいた頃は、食べ物にありつけるだけありがたく、どんなに死にそうな気分でも口に入れなければ、死が待っていた。

アリーズを拾った頃は、あいつを庇ってひどい怪我をして、体力が底をつきそうでも、食べなければ回復できなかった。ここでミシェル達が仲間になってからは、暴行を受けても食べないという選択肢はなかった。だっておれの体調を気遣って、ミッションを受けなかったから。

過酷だとは思うけれども、それが生きるという事でもあったんだ。

おれの言い分に、お兄さんは静かに言う。

「子犬の実体験と私の体調がどうかかわっているのだ」

お兄さんはただ疑問を抱いている様子だ。

他人の事はわかるのに、自分にはあてはめられないのだろうか。

そんな人じゃないと思うのに。

「おれは辛かった、だからお兄さんには、そんな気分を味わってほしくないってやつですよ」

ちょっとだけ、ばかだな、と思って唇の端が緩んだ。この人は馬鹿だ。

おれの〝一人きり〟だって理解しているはずなのに。

少なくとも、胃袋が食物を受け入れられなくて、よじれる気持ちの悪い苦痛なんて、味わってほしくないだけ。

おれがお兄さんに優しくしたいだけである。何が悪い。おれの一番だもの。

これくらいは許されるだろう。

お兄さんはおれを見た後、少し目を見開いて、片手を口に当てて視線を脇にそらした。

「いかん、これはいささか」

何がいささかなのか。

「いささか何なんですか」

「かなしい」

「はあ……」

何をどう見てそうなったのだろう。

お兄さんの目線のおれ、哀しい？

考え込みそうになった矢先である。

「……おい、ナナシ！　ここでいきなりのろけるな!!」

食卓で話し合いをしていたはずの誰かが、おれに対して文句を言い出した。

「のろけるなんてしてないだろ！」

「してるだろうが！　しすぎだろうが！　やめろ、その甘ったるいやつの至近距離にいたくない！」

「だったら席変えればいいだろ、いっぱいある……あれ、ない」

おれはさっきまでいっぱいあった空席が、何か知らないが目を輝かせた奴らで埋め尽くされているのに気付いた。お兄さんはそれを眺めて、おれに大事な事を告げる。

「どちらにしても、食べなければ何も始まらない」

「あ、そうだ。んじゃおだいどこ借りますねー」

おれはそう言い、小鍋と自分の道具袋の中身を確認した。

「お、何か煮るもの作るんだったら、乳使い切ってくれないか、中途半端に余ったんだ」

料理担当の職員が言う。おれは渡された瓶を受け取り、持っているものを調理台に出し始めた。

「ここまで念入りに柔らかくした粥は、ずいぶん久しぶりだ」

お兄さんがゆっくりと匙《さじ》を使いながら言う。おれが作ったのはお粥である。このお粥、実は思い出深いものだ。

「でもお兄さんは最初に作ってくれたじゃないですか、おれに」

「はて、そうだったか。あれはこんな優しい味をしていたか」

お兄さんがちょっと笑う。押し麦の、どろっどろになるくらいに煮込んだお粥は、おれがお兄さんに拾われて、一番最初に食べさせてもらったものなのだ。

実はあの時が初めてなのだ、空っぽでひりつく胃袋に、優しい物を入れる、という行為をしたのは。

だから、寂しんぼうの制御ができないくらいに消耗していたお兄さんの、そのお腹には、これくらい優しい物を入れてあげたかった。

隣でそれをゆっくりと食べているお兄さんと反対に、おれは人の頭ほどもあるパンを食べている。

三つ目に手を伸ばす。朝から肉でもいいし、卵だっていい。野菜は生野菜は嵩《かさ》ばっかりあって、皿に食べたいだけよそえないのが難点だ。

「……おまえもともとそんなに大食いだったのか」

そんな食べっぷりを見たのか、向かいで食べていた二人組が声をかけてくる。

この二人は顔見知りだ。

迷宮の情報を交換したり、フィールドの情報をお互いに見せたり、成果を見せたりしていた。アリーズたちが軽蔑していた、〝盗賊〟という職種の二人組だ。

あいつらは〝盗賊〟という名前だけで下賤だの卑しいだのと言っていたけれども、彼等の特徴を総合すると、そういう職業になるだけで、決して盗みを職業にしているわけじゃないのに。

彼等はたまにポケットの中に、傷薬を突っ込んでくれた二人である。

いい奴らなのだ。不意を突いて奢《おご》らせようとしてこない限りは。

「食べるよ。ああ、お兄さん、食べきれないならよこしてください。食べます」

「熱のあとにこれだけを、食べるのもきついとは」

向かいに答えながら、一人分を食べるのもしんどそうなお兄さんに言う。

ため息交じりにお兄さんが、器をおれによこしてくる。

手を伸ばしていた三つ目はやめて、麦粥を食べ始める。

お兄さんは甘党なのだ。

おかゆに蜂蜜や樹蜜を垂らす。

それから木の実を突っ込んでいく人で、おれからしたらおやつだろう、と思う事もある。

だがしかし、他者の好みは色々、気にしても仕方のない事だ。

「熱って、隠者殿が昨日おかしかったのは、熱のせいだったのか」

このやりとりを見て、二人が近くの椅子を引き寄せた。誰かが椅子返せ、と怒鳴るもののどこ吹く風で流してしまう。怒鳴った相手も諦めた。

ここでは、椅子を取られたら、その相手より実力不足という事で終わるだけなんだ。

話しかけてきたのはグレッグ。二人組の背の高い方だ。細身でしなやかで、足音がどこかひたひたとした猫の様。

この細さで、重量級の剣士を相手に一時間持ちこたえられるのだから、大した体力でもある。負けるけれども、それは仕方のない事だ、得意分野は誰だって違う。

「いや昨日の隠者殿のおっかなかった事。おいらは寿命が三年は縮んだと思った」

匙を片手に持っていじりながら、同意するのはケルベス。横幅が大きい方だ。しかし侮《あなど》る事なかれ、こいつの俊敏さはおそらく武闘家も裸足だ。

二人は違う町からここにきて、仲間を探してこのギルドに登録し、組んだらしい。

その後の事は知らないし、今の事しか知らない。聞いた事ないし。

「熱が出たら大抵は行動不能になるだろうに、やっぱりとんでもないひとはとんでもないんだな」

何かやたら感心したような声で言うケルベスだが、即座にグレッグに裏拳を入れられる。

「ぐっ」

「おいだいぶ失礼だからなケルベス」

「そんな事言ったって、札なしの方が扱いが雑だろ」

札なしとはおれの事だ。

名前がない、名札がない、札がない、札なし……という考え方からだ。

「そうかぁ？　おれ雑？　お兄さん」

粥は平らげた、ちょっと肉っけが欲しいと卓であまりものになっていた、塩気の利いた肉の塊の切れ端をつまむ。

火は通っていない塩漬けの肉だから、柔らかいと言うか溶けるような舌触りだ。

脂身の方が食感があるかもしれない。その脂身も、何回か噛むうちに溶けだして、やっぱりうまいなあと思う味になる。

「子犬は丁寧だと思うが」

お兄さんも行儀悪く頬杖をついて、グレッグの方を見やった。グレッグは違う違う、と手を振った。

「何と言うか親しさがにじんでいるって意味ですよ。相手に対しての……遠慮と言うかなんというか、そう言った物が感じられないという事で、雑と」

「子犬とは数か月ほど寝食を共にしているから、程度がわかっているんだ」

言いつつ、指を折って数を数え始めると、結構な日数、一緒にいた事がわかった。

一年に近いくらい、一緒だ。

それ以上前までは、思ってもみなかった生活を送っている。

「もうじき一年近くなりますねー。おれ去年はこんな風に、他人と会話できる日が来るとは思ってもいませんでしたよ」

「私は自分だけで何もかもをどうにかしなければならない、と思って少し憂鬱だったな」

軽やかな声で笑う人は、その奥の物を見せてはくれない。ただ、見せてくれないという事だけが伝わって、グレッグが何とも言えない顔になる。

「……札なしはいいやつですからね」

ちょっとしんみりした空気になりそうだったんだが、それをケルベスがテーブルをたたく事で霧散させる。

「そうだ札なし、このフィールドの事で何か聞いてないか、それか迷宮の事で情報が欲しい。採取のミッションで珍しいのがあるから、誰かと手を組んで入ろうと思ってるんだ」

うんうんと頷いているグレッグ、身を乗り出しておれに聞いてくるケルベス。

「知っている情報なら。どんなやつ？」

まだ傷薬のお礼もしていない。

情報という物は大事だけれども、お礼もできない礼儀知らずでいるのは嫌だ。

こいつらの欲しい情報を、おれは持っているだろうか。

おれが乗り気だとわかったから、ケルベスが真面目な顔で問いかけてきた。

「宵闇蛍草、あれが迷宮に生えているって話なんだが」

「聞いた事ない草だな、……お兄さんはご存知？」

特徴を思い出す事もできない。隣を見ると、おれの聞きたい事がわかった人が、それが何かを話だす。

「まあ珍しい草ではある。蛍のような光を放つ花粉をこぼす、暗がりで生えている草だ。色々な薬草の調合の手間を省く草だが、残念な事に……」

「残念な事に？」

「栽培方法が全くわからない草でな、どうしても採取に頼るしかない草だ」

「……暗闇で光る花粉をこぼす草」

おれは記憶のなかを探った。

なんかどっかで見た事ある。どこだっけ。

ちらちらと何かが頭で動くから、それをどうにか引きずり出す。

……だ、出せない！　特徴が足りない！

「これでわからないなら、そうだな、もっと簡単な説明は……」

お兄さんが眉の間を軽く叩いて、ああと手を打つ。

「葉の形が独特だ。六角形の葉をいくつもはやす」

「あ！」

そこまで聞いて思い至った、あれだ！

記憶が一気に近くなる。あれはたしか、あいつらにオーガ混じりだと喋る前の事だ。

中層のどこまで潜れるかってやっていた時、おれが開けた扉の先で、地下水が溜まった場所があって、そこでそんなものがあった。

記憶は一回思い出すと、するする思い出せるものらしい。あれが光っていたのも、近くに大きな大水女郎蜘蛛という、当時のおれたちではぶつかったら死んでしまうような、蜘蛛系の魔物の上位個体がいたのも思い出す。

迷宮の何階だっけ、ええっと、ああ、あそこだ。

「あったあった！　迷宮中層第八階の所にあった。たしかあのあたり……大水女郎蜘蛛が巣を張ってて、それからえーっと」

記憶を他人に通じる言葉にしようと、がんばっていると
「おいお前待てよその前に突っ込んでいいのか、突っ込ませたいんだな」

ケルベスが引きつった声で言い出す。

「中層第八階ってなあ……ほとんど下層じゃないか」

グレッグが思いっきり引いた顔で言い出す。

ちなみに中層第十階が、下層第一階でもある。下層がどこまであるかは、まだわかっていない。

しかしながら確かに、ほとんど迷宮の下層である。

「そら誰も見つけられないわな」

同意しているのは、グレッグと近くで聞いていたらしい冒険者たち。

いつの間にか聞き耳を立てていたらしい。

「でも良い情報だ、確実に迷宮内にあるのだけはわかった」

「後は場所と道順の特定なんだが、さすがに札なしもそこまでは覚えてないよな」

「いや、覚えてるけど」

「……お前どんだけなんだ」

誰かが言うんだが、覚えている物は覚えているんだ。そこは結構な特徴の道順だったから。そう言うわけで、その草を見た時の道順は覚えているし、大体前のチームはおれに道を覚えさせて、自分たちは楽をしていた。

覚えていないと、役立たずと言ってミシェルが散々に蹴りまわした。条件鍵付きの結界だって、おれが開いていたしな。

まあミシェルたちは、役立たずができるから、自分たちもできるって思ってたかもしれないが。

そんな思い出は脇に置いておこう。大事なのはこれから。

「今から軽い地図でも」

書こうかって親切をしようとしたら、頭をはたかれた。

誰だ叩いたの！

叩いた手の方を見れば、何人もいたから、犯人は誰だかわからなかった。

ケルベスが指摘する。

「お前その前に文字だめだろ」

「線だけなら！」

図形ならいけると思ったんだが、二度目に今度はグレッグがひっぱたいてきた。

「そこで胸を張るな！」

次に思いっきりケルベスに頭を叩かれた、その時だ。

「子犬、場所まで覚えているのなら、私を連れていってくれないか」

お兄さんが思いもしない事を言い出した。何でだ。お兄さんが何の用事なんだろう。

「調合が面倒すぎる古の薬の、再現を頼まれたんだ。宵闇蛍草が手に入るなら、早く仕上がる」

そうなのか。きっと俺が寝ていた朝がたに頼まれたんだろう。

お兄さんの調合の腕前は最高峰だし。

「え、じゃあじゃあ！」

この言葉で、目を期待に輝かせたのはグレッグだ。

「俺らと組んでもらえませんかね、隠者殿。今回限りのチームで」

「利害は一致しているし」

「札なしと隠者殿なら、人格的に間違いはないだろうし、札なしが今まで死んでいない事を見るに、かなり腕は立つし」

二人の顔がじっとお兄さんを見る。

流石だ。決定権がどこにあるのか、ちゃんと理解しているんだ。

お兄さんがおれをちらっと見る。

やるか？

視線が問いかけてきたから、こくりと頷いてみせた。

「それなら今回限り、きちんと書類でも書いておこう。どうせ家を引き渡されるまで暇な身の上、多少迷宮のなかで日を過ごしても問題ない」

「よっしゃ！」

ぐっとこぶしを握った二人だった。聞いてた外野がずるいと言うんだが、二人はそろって言い切る。

「こんなものはやいものがちだ！」

息ぴったりだ。これだけ執着するって事は、報酬が高いのか？

「ちなみに報酬どんだけだったの」

「これだけ」

「わ、こんな量でそれだけ金貰えるってすごいな」

教えてもらった金額で結構びっくりした。

一回やれば、八人くらいの人数のチームが、二月は余裕を持って暮らせるくらいの報酬だったんだ。

とびきり高額なミッションだ。それだけの価値があるんだろうか。

あの草。価値がわからない……。

「子犬、よく考えろ。十種の薬草を、分量を間違えずに用いて調合するという途中段階を、大きく省く草だぞ」

おれの顔を見て、お兄さんが指摘する。これは具体的だった。おれも調合をする冒険者の端くれ、十種類の薬草の分量を、正確に行うのが面倒だと知っている。

何故かって？　草によって大きさも品質も違うし、それによって配合の具合が変わってくるんだ。劣化した薬草で作るものと、一番いい状態の薬草で作るもので、価格もすごく違う。

そんな事情があるから、薬師ギルドはたくさんの秤を持っているし、持ち込まれる物の品質の見極めも極めて厳しい。

そこを介さないで売られる薬草は、本当に自分の眼に自信があるやつじゃないと、ひどいものをつかまされる事だってあるんだ。

いつぞやに、そんな事知らないでお使いを頼んだアリーズに、かびた草を渡されて殴った事がある。あいつはきょとんとした顔で、何が悪いかわかってなかった。

普通の暮らしをしていたら、そんなもの気にする事ないから、仕方がないと後で知った。

薬として出来上がったものを買うのが、人のいる場所では一般的なのだ。

「……それだけでもう、価値はかなりの物ですね」

ちょっと考えたら確かに、高額なミッションになって当たり前だった。

「……あ、もしかしてカーチェスと話していたのって」

「これだな。これからの時期、アシュレの北区以外では、変に頬が腫《は》れる風邪がはやる。死者こそ今では出ないが、去年かかっても今年もかかる、変な風邪でな。注意していてもばたばたやられて、街としての機能が保てなくなる」

一呼吸置いたお兄さんが続ける。

「そのため、薬師ギルドは予防薬をこの時期から作り始める。大量に、利益が無くなるほど低価格で販売する薬だからな。あちこちに採取依頼をしているだろう。……確か去年はほかの街から輸入していたんだが。近場で見つかるならそれも手に入れて、万全にしておこうという事なのだろう」

「へえ」

顔が腫れるなんて、面倒な風邪だな、つらそうだ。

納得したおれは、〝盗賊〟二人に一応名乗った。

「いまさらだけど、名乗りを。おれは〝盾師〟。これからちょっとの間だけどよろしく」

名乗り、は一緒に仕事を行う相手に対して行う、挨拶《あいさつ》だ。

「ああ、〝盗賊〟で無音のグレッグ」

「〝盗賊〟で瞬歩のケルベス」

名乗りは大抵、職業の後に二つ名、そして自分の名前を名乗る。通りがいいからだ。

お兄さんはにこりと笑い、同じように名乗った。

「〝隠者〟の凍てる選別者、アイオーニオン」

『職業も二つ名も名前すらもとんでもなかった』

聞いたケルベスが、もう突っ込めないという声で続けた。

「永遠って……かなり盛った名前だ」

「は？」

盛るって名前は盛れないぜ？

「アイオーニオンっていうのは、古い古い言葉で、永遠を意味するんだ。まあ、隠者殿に似合いの名前ではあるな」

「ただ、長い名前だから縮めて呼んでもかまわない」

「だろうな、いざって時に名前が長くて大変なのは、身に染みてるんだろ」

「まあそうだな」

お兄さんはにこりと笑った。

あれ、お兄さんってカルロスって名前じゃなかったっけ。

……でもカルロスとしてのお兄さんは、死んだって言っていたっけ。

だからお兄さんのなかで、自分の名前はアイオーニオンなんだろう。

永遠、か。

何かそれは、寒空の祝福に関連した名前だろうなという気がしていた。

さっそく、お互いの技術の確認が始まる。

これってとっても大事なのだ。できる事は知らなくてもいいけれど、できない事は知っておかないと、命に係わる。

たとえば回復の術はできても、解毒の術はできないっていう神官だって、一定数いるのだ。

解毒の術の方が、力の調整とか流し方とかが難しいらしい。

これも完全にできる神官職は、引く手あまたで、誰でも欲しがる。マーサはできなかった。だからおれは、いつも色んな解毒薬を持っていた。

あいつは偉そうに、極められるお人は、神に選ばれているのですとか言っていた。きっと、それは嘘だったんだろう。

「二人とも盗賊なわけだが、野営は得意だろうか」

お兄さんの言葉に、二人が得意げににやっと笑った。

「野営ばっかりだな、遺跡のフィールドに入っている事も多いんだ」

「罠とか罠とか罠とか、そう言うのの見極めは得意なんだが、何しろ戦闘能力は割合低い職だからな。どうしても火力が必要な時に、困っていたんだ」

盗賊だもんな……罠に関しては頼りがいがあるけれど、戦闘職と比較しちゃいけない奴らだ。どうしたって、鍛える方向性が違うんだから。

「まして迷宮ともなれば、実力がなければ即座に死ぬだろ？」

含み笑いのグレッグ。確かに即死だ。上層一階でも死ぬ。

「その点で言えば、俺たちも許可証もちだ。ただし同伴する相手が戦闘能力が高くないと入れない、条件の限定されている許可証だけど」

限定許可証という物が、タブレットに刻まれているらしい。

タブレットって本当に、身分とか色々な物を、示せる便利道具なんだな……おまけに偽造不可能らしいし。

すごい。

「……でもおれとお兄さんで、その条件の限定に該当するかな」

「するだろ、お前単独で迷宮入りできるんだから」

「そっか」

ちょっとした疑問はすぐに解決した。そうだな、一人で迷宮に入れる資格があるんだから、限定条件に該当するかもしれない。

「子犬はチームレベルが金剛石《こんごうせき》だからな」

お兄さんが声を落して囁くように、二人に告げる。二人は目に見えて驚いた。

「本当ですか、チームレベルが金剛石って聞いた事ないですよ」

「上位中の上位じゃないですか」

「それ以前に、こいつこの前まで蛍石だったような」

ケルベスが首をひねって考え出す。確かに、こいつらと最後に会ったときは、蛍石のタブレットだった。

「文字が書けないから書類が書けなかった」

おれの言った事になんだか二人も納得した。

「ああそっちの問題だったのか、おかしいおかしいとは思ってたんだけどな」

納得して頷くグレッグ、ケルベスは顎に手を当てて考え始める。

「チームレベルが金剛石ってのは、たしか最上位級の冒険者の称号だったような。……おいグレッグ、もしかしたら札なしに契約料を相当支払わにゃならない事態かもしれないぞ。自分たちよりも上位の冒険者に、同行を依頼する場合、契約料が発生するはずだ」

「それはいらないだろう、私が自分で入りたいのだから。そして子犬は私のおまけだ」

金額を考えて、顔を合わせて相談を始めた二人にお兄さんが言う。

たしかにそうだ。二人が依頼しているわけじゃなくて、俺たちも利害が一致するし、どうせだから一緒にってだけで。

この場合はどうなるんだろう、でもお兄さんがいらないというのだから、契約料はいらないだろう。お兄さんが、宵闇蛍草を探したいのが同行の理由なんだから。

「じゃあお言葉に甘えて、おきますか」

にやっと笑ったグレッグだった。

「札なしに規定の料金を支払ったら、その時点で赤字だもんな俺たち」

ケルベスが共有の財布を管理しているのか、中身を確認しながらの言葉だった。

「では今日中に支度をして、夜から迷宮入りする事にしよう。迷宮の中はどうせ暗いのだ。夜に入っても昼に入っても変わらない」

「そうしますか。おいグレッグ、野営の支度の確認だ」

「おうともケルベス。確か保存食の類とかも確認が必要だし、魔物除けもいろいろ必要だ」

食事が終わった二人が立ち上がる。そして二人でなんだかんだ言いつつ、ミッションを受注するべく受付に行き、おれたちの方を示す。

マイクおじさんが受付だったから、大した問題もなく受注できたようだった。

ただなぜか、にやりと笑ったマイクおじさんがおれたちを示して、二人に何か言っていた。

多分変な事を言ったんだろう。二人の顔が何とも言えない物になったから。

おじさん何を言い出したのやら。

ちょっと気になった物の、ギルド内の喧騒のせいで聞こえたりはしなかった。読唇術《どくしんじゅつ》をわざわざ使ってまで、知りたい中身でもなかったしな。

さて、久しぶりの迷宮入りだ、どんなものを用意しよう。

この気候だから必要とされている物は。少し考える。季節は秋口、寒いだろう。迷宮もなぜか周囲の気候を反映するから、中はそこそこ寒いに違いないのだ。

体を冷やすと動きに支障が出るから、体の温まる食材とか燃料を用意しなければ。これから市場に行こう。

そんな事を思って、おれはお兄さんに声をかけた。

「今から買い物に行きましょう、お兄さん」

今頃の時間だったら朝市が行われているはずだ。

朝市と夜市、それがアシュレで行われる市場だ。一日中売り物を扱っているお店は、建物のなか限定。

市場みたいに、大規模に露店の形で行うやつは、時間が決まっているんだ。そうしないと、街に睨《にら》まれるからとか。

道とか広場とか、結構塞ぐから、場合によっては迷惑行動とみなされるらしい。

ついでに言うと、朝はこれからフィールドに入る人たちのための物が多く、夜市は一仕事終えた人たちのための物が多い傾向にある。

お湯をのんびり一杯飲んでいたお兄さんも、その声で立ち上がった。

「買い物はそうだな、子犬に任せた方がいいだろう。私は何しろ装備もあまりない状態で、一人気ままに迷宮を出入りしていたから、チームでは何が必要か見当がつかない」

「じゃあおれの目利きと知識で行きましょ、早く支度しないと」

支度と言っても頭に被るものを被れば、だいたいおしまいだけれど。

支度を早々に終わらせたおれたちは、さっそく北区の東区寄りにある、市場として指定されている大広場に向かった。

その道中で、職人ギルドの人たちに声をかけられる。そうか、道は職人ギルドの工房を通って行く形だった。

すっかり忘れていたのだけれども、彼等はおれを見るや否や走ってきたのだ。

「無名！　これとそれとあれの持ち合わせはないか、至急で！」

ずらずらと名前を並べられた素材は、中をあさって探さないとわからない物ばかりだ。

しかし、なんでだ。

数か月前に、いろんな素材を売ったばかりなのに。

そんなに早くなくなるものじゃないだろ、この素材たちは。

疑問が顔に出たんだろう。そのおれに答えてくれる彼等。

「最近この装備の注文が多いんだ、おかげで需要と供給が追い付かない。素材を持っていた事のある奴らには何人か声をかけたんだが、やっぱり持っていない物だった。お前に連絡しようにも、お前がどこに住んでいるのかもわからなくてな……頼む、あったら売ってくれ！」

がばっと両手を合わせて頼み込んでくる職人たち。

おれは道具袋のなかに手を突っ込んだ。ちょっと意識を集中させて、その素材を手探りで探す。

道具袋の大半は、取り出したいものを指定すれば、手に吸い付くように作られてるから、あったら触れるはずなのだ。

あ、あるみたいだ。

「ちょっとまって、中で出す。お兄さん、ごめんなさいちょっと寄り道になります」

「大丈夫だ、しかしあの三つが必要な装備は、竜種との戦闘の場合に多い装備だぞ、何処かの誰か

知らないが、竜種に喧嘩を売るのか」

「知らないが。……アシュレに勇者が派遣されるのを知っているか？」

「それは知っているけれど、関係が？」

「その彼等が事前に注文してきたんだ」

「待てよ、勇者って複数なのか、今回」

「どうもそうらしい。複数の勇者チームが来る。そして全部のチームがこの系統の装備を欲しがっているという」

「帝都で入手できない装備でもあるまい」

お兄さんの指摘は当たり前だった。帝都はアシュレより大きいし、職人だって多い。アシュレでそろえなくったって、そこで手に入れられるはずだ。

「そんな物は知らない。ただ注文されるからには、作らなければならないという話だ」

鳴り物入りで入って来る勇者たちだ、装備もそろえたいのだろう。

装備に関する金額は、所属している国が支給してくれるそうだし、アリーズたちは素材が足りないから作ってもらえなかっただけだ。普通に考えて、そう言う事なら金に糸目をつけずに、良質な装備を手に入れたがるだろう。竜種に対抗する装備なら、良質なんだろうし。

と思っていれば、お兄さんは懐疑的な顔だ。

「迷宮入りするのに、対竜種用の装備をするなど妙な話だ、生息する魔物の傾向が違うというのに」

とは言いつつも、おれたちは工房に指定の素材をおろしてお金を手に入れ、やっと市場に向かう足を進める事ができた。

言われたもの以外は売らなかった。今売っても、注文の品物が多いようだから、それを使ったものはしばらく作れないだろうから、倉庫の肥やしになるだけだろうし。

欲しいと言われたら売ろう。あとは袋に入りきらなくなったらでいい。

元々懐に心配はしていなかったけれども、やっぱりあると安心なのがお金様である。

文明のある場所に行くとどうしたって、お金かそれに相当するものが必要なのだから。

「それは高い。値段が合わない」

おれは品物をちょっとつついて、断言した。

「そんな事言って」

「だってこれもそれもあれも買うのに、なんで？　割引してくれないの？　さっき一緒に買うなら割引するって言ったじゃないか」

おれとお店の人のやり取りである。

おれはいつも通り、会話をしまくって値引きをしまくって買い物をする。

文字はだめでも計算はやれるのだ。

文字を介さない物だったら、無知の防御に支障が出ない。

お兄さんは隣で品物をよく見て、感心している。

「子犬、あまりそれ以上いじめるな、これは品質がいい」

品を一つ指さすお兄さん。

「お兄さんは見る目のある人だね！　名のある人と見た」

お兄さんの言葉に喜ぶお店の人。品質がいいというのはすごく褒め言葉なのだから。

「ただ品質がいいものと悪い物が混ざりすぎていて、儲けにならないだろう。少しより分けて、階級が低い物は値段を少し下げて売った方が儲かる気がするのだが」

「見る目のあるやつが、いい物をより分けていけばいいのさ。見る目のない奴がちょっと下の物を買うんだ。こうして視る目を鍛えてやっているのさ！　……でもお前は見る目がありすぎる。さっきからそこの値段の中の最上級の物ばっかり掴んでいって」

後半はおれに対する文句である。しかし。

「値段のなかでいい物を選ぶのは基本だろ、おばさん」

「知ってた、お前そう言う奴って知ってた！　……もう。ずいぶん久しぶりに市場に来るから、ちょっとからかおうと思ったのに。見る目は余計にさえてるし」

なんてことをぶつぶつ言いつつも、おばさんはちょびっとだけまけてくれた。

「毎度。あれとこれとそれを探すなら、いつものおじいちゃんがあっちの方に店を構えていたよ、お前の事を心配していた」

「本当？　じゃあ行かないと」

干し肉の行きつけのお店のおじいちゃんは、厳しいし口も悪いけど、品質が確かな物しか売らないんだ。

おかげでちょっと値段は張るけれど、その分保存性も高いし黴《かび》ないから、買うに値するわけだった。かびた干し肉は、笑いごとですまない場合がある。ほかの物まで傷む原因になる。

わざわざ、品質の怪しい物を売っているお店で、いい品物を頑張って探すよりも、おじいちゃんのお店は遥かに安心なのだ。

かびた干し肉を買わされた事は、一度としてない。

おばさんに頭を下げてからまっすぐに、そこへ行く。いつ見てもいつ見ても、そこは少し暗い。日の光で必要以上に乾燥して、劣化するものもあるからだ。

でも干し肉のいい香りが漂う店だ。

「久しぶりじいちゃん」

その天幕の中に入ると、いつものおじいちゃんが鼻で笑った。

「野垂《のた》れ死んでると思ってたのにな、ふな」

「ふなって魚だろ、なんでいつもふなって呼ぶのさ」

たしかにふなは丈夫な魚だけどさ。おれを例える理由がわからない。

「不名だからだろう、子犬。名がつけられないからこそのあだ名だ」

「初耳だよお兄さん」

「はっ、頭の回転の速い御仁だな、見るに相当な腕利《うでき》きだ。ふなの相方にしてはちょっと不思議なくらいだな」

おじいちゃんが、その正体を見極めようとする顔で、お兄さんを眺めまわす。

ちょっとぶしつけだと言おうと思ったけれども、お兄さんは優雅に笑う。

「子犬の雇い主とでも言っておこう。子犬は何を買いたい」

「あれとこれとそれ、いつも通りよりちょっと多めで」

欲しい物を聞いたじいちゃんが、おれたちがどこに行くのかわかったらしい。

「迷宮に入るのか」

「入る入る」

「気をつけろ、ここ数週間、迷宮の魔物の傾向が変わってきた。おそらく首魁《しゅかい》が代替わりをした階層がいくつもあるんだろう」

干し肉を束にして、紐《ひも》でくくりながら教えてくれる情報。

外れた事はないいんだが……。

「いつも思うんだけどじいちゃん、その情報何処で仕入れるのさ」

アリーズたちと組んでいた時から、物知りなじいちゃんだが、おじいちゃんとても迷宮に入れる見た目じゃない。

前から不思議でしょうがなかった事を聞くと、おじいちゃんはにやりと笑った。

「弟子が何人も迷宮入りしてるからな、情報をどんどん持ってくる」

「じいちゃん干し肉屋なのに弟子は迷宮に入るの」

問いかければ当たり前という顔をされた、解《げ》せぬ。

干し肉屋の弟子が迷宮に入れるって何なんだ。弟子は何者なんだ。

頭が混乱しそうだ。でもお兄さんはじいちゃんをじっと見て、ああ、と頷いた。

「あなたは解体師だったのだろう。それも腕の立つ」

「へっ、見ぬけない不名も大抵目が悪いんだが、一見で知られるのは珍しい。そうさ、昔はここらでも腕利きで通っていた解体屋だったのさ」

「解体屋……」

どんな職業だ。見当がつかないおれは、お兄さんを見た。言いたい事がわかった彼が言う。

「仕留めた魔物や獲物を、最善の状態に処理する職業だ。分類わけすると重戦士の類だな。重い刃物や道具を持つから、重戦士が職を変える時になる事が多い」

「……？」

「分厚い脂肪や皮や鱗《うろこ》の生き物を開く時、小さな刃物では歯が立たないだろう？　だから重い刃物の扱いになれている奴が開く。重戦士は飛び切り重い武器を使うから、そういう物の扱いに慣れていく。そして大きな獲物だって扱える筋力も手に入れるから、解体師に転職してしまった人間が多いんだ」

「へえ……」

確かに小さいナイフじゃ、巨大な蜥蜴だって捌《さば》けないもんなあ。ナイフの方が加えられた力に耐えられなくて、曲がるだろう。

それに、重い獲物を解体するには、結構な筋力が必要だ。確かに重戦士とかがやるかもしんない。言われりゃ納得の答えだった。

「こっちはいっそ不思議だ。盾師が解体師顔負けの捌きっぷりをするあたりがな。盾で庇う奴がなんで、こっちと同じかそれ以上の技術で獲物を解体するのかわからなかった。……嗚呼それで思い出した。お前の師匠、そろそろアシュレに渡って来るぞ」

おれはその最後の一言で引きつった。

師匠がアシュレに渡る。

「あの人が？　本当の情報ですかそれ」

「本当も何も、手紙が届いたからな。弟子の家に寝泊りする前に、こっちに顔を出してくれるそうだ」

「……子犬の師と何かかかわりが？」

怪訝《けげん》そうな声がかけられる。おじいちゃんと師匠の関係を、言われないで理解する人はいない。

「かかわりも何も、俺はそいつの師匠とチーム組んでいたんだ。何年も前だがな」

おれはお兄さんとじいちゃんの会話の前に、恐ろしさで震えていた。

師匠ってすごく厳しいおひとだったんだもの。顔を合わせるかどうかで、重複展開の盾でぶちのめされたらどうしよう。

満身創痍《まんしんそうい》にならなきゃいいけど、と真剣に考えてしまう案件だった。

「子犬、顔色が悪いが」

「ははっ、そりゃそうだ、あいつが寄ると聞いて弟子が、蒼褪めないわけがない」

「何故だ、そこまで厳しいのだろうか」

お兄さんはよくわからないらしい。だがおれは真面目に頷いた。

「命の危機を感じるくらいにすごい師匠です」

「命の危機……師匠だろう？」

「あの方弟子だろうが何だろうが、鍛え直すと言いながら半殺しにしましたからね」

半殺しですむならまだいい。

四分の三殺しになったらもう、笑えない。

大きく身震いをしながらも、干し肉を買い求める。

それから豆だの乾燥野菜だの、迷宮入りするから必要な食材、などを買い求めていく。

元々寝具とかはそんないらないし、迷宮だろうが何だろうが、生えている草とかを有効活用すればいい。

フィールドは便利に使った方が楽なんだ。

「子犬、買い物が少ないようだが」

「迷宮入りっていったって、中で使える草はじゃんじゃん使いますし、千切りますし。迷宮だって結構ほかのフィールドと変わらない部分がありますからね」

ただ光が差さないから、灯りの燃料だけはしっかり買わなければならない。

魔術師の光明、通称ランプの術は、魔術師がスタミナ切れたら使えなくなるしな。そして今回の面々は、ランプを使えるかわからない人選だ。

お兄さんは使えるんだろうが……。

以前迷宮入りした時は、普通にカンテラ片手に歩いていたし、使えないとは思えないんだけど、どうなんだろう。

まあ、入ればわかるか。

お兄さんが、そんな初歩でやらかすとは思わない。

「はい、このあたりで買い物終わりです」

「何日迷宮に入ると思っている？」

「宵闇蛍草が見つかるまで、まあ大体三日か四日前後ですね」

「子犬は中層第八階まで、四日で到着するのか？　平均二週間という話だぞ？」

そのため、そこまで潜ってしまうと、帰ってくるまでに二か月というチームもいる。

その前に、強制帰還の魔道具を使うのが一般的だ。二か月も潜ると、色々な物が底をついてしまうらしい。話で聞いただけだから、なんとも言えない。

おれはいつも強制帰還の魔道具を使っていたからな。おれの見立てに、お兄さんが不思議だという顔をするが、そうさ。

おれだけなら、四日で中層まで行ける。

それにいくつか、おれもずるする方法を知っているんだ。あいつらとチーム組んでた時に見つけたもので、へえ、こんなのでずるができるのかと感心したものでもある。

「滅多に人に教えないずるがあるんですよ」

にやっと笑ったんだが、お兄さんは頷く。

「ずる、大いに結構だな。それで宵闇蛍草を見つけやすくなるなら」

そんなやり取りをした五分前に、おれはすごく戻りたい。

何故かって？　そりゃあ簡単な事で……。

「お兄さんどこに行ったんだ」

ちょっと目を離したすきに、お兄さんと見事にはぐれてしまったためだ。

本当に、ちょっとだけお兄さんの方から目を離し、露店の一つで起きた爆発に足を止めただけだった。

しかしそれで、見事にお兄さんとはぐれてしまったのだ。

あっちもあっちで、まさかおれがついてこないとは思っていないだろう。

きっと好きなように歩いているはずだし、好きなように露店を見て回っているに違いなくって。

おれには、どうすれば合流できるか、わからなくなってしまったんだ。アリーズと馬鹿やってた時代みたいに、はぐれちゃったらここに集合、という集合場所だって決めてない。

本当にこまった。どうしよう。

周りを見回しても、爪先立って思いっきり伸びあがっても、あいにくお兄さんの頭覆いは見えない。

それくらい遠くか、何処かの露店の天幕に入っちゃったか。

どっちにしたって見つからないし、見つけられない。

どうすっかなあ。

この場合どうしよう、と思いながら、近くの店の人に声をかけてみた。お兄さんの行った方向見てないかな？

「ちょっといいかい?」

「お前みたいな餓鬼は商売の邪魔だ、どっか行っちまいな!」

声をかけた相手が悪かったらしい。おれの事をちょっとだけ見て馬鹿にした顔になり、しっしっと手を振って追い払った。

こういう相手に話しかけても意味がない。まともに取り合ってもらえないのはよくある。

この背丈だからな、あと顔が頼りなさそうな歳に見えるってのもしょうがない。

肩をすくめて踵を返し、お兄さんが顔を出しそうな古本屋に、片っ端っから顔を突っ込んで聞いて回る事にした。回っても回っても、お兄さんがいた、という事を言う商人はいても、どこに向かったかまで見ていた人はいない。

いっそ迷宮の前で待っているか……? と思って、でもお兄さんだって探し回るよな、と思えばそうは動けない。

どうするか……と思って立ち止まって、おれは背後からの衝撃で転がった。

誰かが突き飛ばされて、その下敷きになったらしい。通りに歩いている気配が多すぎて、喧騒もすごくて、喧嘩が近いなんて思いもしなかった。

しかし、重い!

さっさと立ち上がってくれよ、と思いながら上の邪魔な相手が起き上がるのを待つ。

相手は打ちどころが悪かったのだろうか。なかなか起き上がらない。

下敷きのおれは、無論動けない。というかほんと立ち上がってくれよ。こっちが勝手に動いたら、あんた変な方に転がしちまうじゃないか。

何て思っていた矢先だ。

「何の騒ぎだ、……盾師、こんな所でまた、まあ。大丈夫か？」

上にいた誰かを持ち上げた男が、案じたような声をかけてきたのだ。

「ああ、また会ったな、ディオ」

「あったと言えばそうだが、隠者殿はどうしたんだ、一緒じゃないのか」

おれの上に乗っていた誰か……誰かじゃなくて眼を回した使役獣だった……を片手で軽々と掴み上げている剣士が、もう片方の手を差し伸べてくる。

それをありがたく借りて立ち上がると、誰かが走ってきた。

「同僚！　わるい、取り締まり中のチームの使役獣が脱走して！　目を回す術を当てるのまではできたんだ！　捕まえててくれたか！」

その誰かは、ディオを同僚と言った。同僚って事は聖騎士仲間なのかな。

その疑問が顔に出たんだろう。

「彼女の上で目を回していた。誰かに怪我をさせるような方法をとったら、皆不幸になるんだ、やめておけ」

同僚だと言う、首からおれと同じギルドに所属するタブレットをぶら下げた細い男性に言った後に、紹介してくれた。

「盾師、彼は剛のドリオン直属の配下の一人、ダンデだ。たしか……」

「ダンディライオネルっていう名前だ。それはいいんだ、同僚、お前買い出しの途中で手間をかけさせて申し訳ない」

「それに関しては、別にいい。お前は彼女に謝るのが先だ」

「あ、ああ。……ええとお嬢さん？　申し訳ない！　怪我はあるか？」

「いや、押しつぶされただけでとくには」

事実怪我はないから言えば、ダンデはほっとした顔で言う。

「勇者アリーズの摘発のあとから、ぼろぼろぼろぼろ、怪しい事してるやつが見つかって本当に大変なんだ。これで関係ない相手に怪我させたら、どれだけドリオンさんに怒られるか」

「そう言うのを言う前に、さっさとこれを回収して、戻った方がいいだろう。ダンデ」

「ああ、そうだった！　じゃあなディィオの彼女さん！」

「は？」

おれがその言葉を聞き返す前に、ダンデはディィオの持っていた使役獣をつかんでどこかに走って行ってしまった。

「彼女？」

「……どこをどう勘違いしたんだ、あいつ」

呟いたら、ディィオも疑問のある顔で呟いていた。

そこで彼がおれを見る。

「で、話を戻そう。ここでどうしたんだ。隠者殿は？」

「見失ってはぐれたんだ。古本屋を片っ端から訪ね歩いてんだけど見つかんない」

言っているさなかに、ぐうぐうとおれの腹が鳴り出す。思い切り主張している。結構よく聞こえたらしい。ディオが目を瞬かせて、聞いてきた。

「お腹が空いたのか」

「昼は食べてない」

食べないで探し回ってるからな。

でもどこかの屋台に入るにしろ何にしろ、そろそろ朝市は片付けを始めている。

もう注文とか無理な時間だ。

お兄さんと合流すれば、ギルドに戻るなりなんなりして、食事にありつけるんだけど。

「……本当に、盾師は隠者殿を見つけられないんだな？」

「人が多すぎて見つけらんねぇの。物が多すぎて匂いでも探せないし」

多すぎて嗅ぎ分けられないのだ。という事を言うと、ディオがしばし黙った。

「なら、一度ここを離れよう。市の屋台の解体で、一層埃っぽくなるし、迷子がさらに迷子になる」

その提案はもっともな物で、おれは頷いた。

「食べるものは、その辺の店に入ればいいと思うぞ。お腹が空いていては、探せるものも探せなくなる」

「だよなあ、それ本当に真実でしかない」

真面目に頷くと、ディオがかすかに笑った。

ちょっとだけ唇が上がって、もともと眉間にしわが寄りそうな顔がすこし、あったかくなる。その顔は、割と好きな顔でもある。

こいつの笑い方は、一年経っても、修行がどんだけきつかったとしたって、変わんなかったんだろうな。

「なんだ、そんな顔して。懐かしそうだ」

「懐かしいだろ? おれ、なくしちゃったもの一杯あるから。なくなってなかったものは、単純にうれしい」

事実だったのに、ディオは目を丸くした。

それから少し痛そうな顔をして、聞いてくる。

「まだ、アリーズたちの事を割り切れていないのか」

「割り切れてないって言うか……あー、なんか、なんか」

言いたい事を言うために、言葉を探して、ゴイリョクという奴を底の方までさらってみても、うまい言い方が思いつかなかった。

「昔のアリーズだったら、こんな事絶対になかったよなって思うと。大事なもの、おれもあいつもなくしちまった結果として、ああいった事が起きたからさ」

「アリーズが惜しいと言いたいのだろうか」

「惜しいよ。そう言う言い方をするんだったら。おれは、きっと……」

記憶のなかの、あどけない笑顔が一層鮮やかに染まった。

アリーズが、おれと出会って初めに笑った時の顔だ。

「聖剣を持つ前の、おれとふたりぼっちだったアリーズを、アリーズとの時間を、取り戻したかったんだ、ずっと、ずっと」

だからチームを抜けなかったのだ。

オーガとの混血に対する差別が、他の人もあったら怖いと、怯えていたのも事実だ。でもそれ以上に、おれはアリーズを取り戻したくて、傍にいようとしていたんだろう。全部なくなってから、自分の事を良く眺めまわすと、そういう事になった。

「……違っていたのか、聖剣を持つ前とその後で」

「違ってたよ。あいつはもっとぽわぽわしたやつで、すごい存在を全部まとめて友達呼びしてて、自分の名前を相手に名乗らない、変な奴だった。持ってからは、まあ、まっとうとか言われそうな人格にはなったけど、友達の事全部無視するようになってたな。友達に頼めば楽に終わる事も、友達がきっと喜んでやってくれる事も、お願いしなくなった」

「どう聞いても、その友達は、八百万の神々のような気がするんだが」

「本人わかってなかったから、おれは詳しくはわからない。ただ、友達ってくくりの中に、そう言った連中がいたってだけ」

喋りながら二人で市を抜け、一番近くにあった、涼しい日影の、テラス席がある建物に入る。

そこの店員は、ディオを見知っていたらしい。

「またお使いか、ディオ」

「今日はお使いじゃないんだ。これから、仕事を片付けなければならない。俺でなければどうする事もできなさそうな、案件もいくつかあるんだ」

「聖騎士ってのは大変なんだね。上位職っていうのはやっぱり、ギルドの仕事が多そうだ」

店員の人は喋りながら、何かをどんどん作り始めている。ディオはショーケースの中をどんどん指さしているし。

そういう物なのだろうか、と思っていると、一つ食べ物が出来上がっていた。

「はい、まいど」

それを受け取ったディオが、席に座るように促してくるから、座るとそれをテーブルの前に置かれた。

「おごりだ」

「おごり？　何もしてないだろ、おれ」

「それを言うなら、俺はお前に何も返していない」

「じゃあお相子だ、一緒に食べようぜ、これなんていう飯？」

「チェーだよ」

店員さんが言い出す。

「元はもっと蒸し暑い地方の食べ物さ。ディオはギルドのお使いで、材料を分けて買い出しに来るんだ。本人も好きらしいよ」

「甘い匂いだけど。おやつ？」

「……前に」

「え？」

「前に、とにかくたらふく、甘いものを食べてみたい、と言っていた事があっただろう」

「言ったっけ」

おれだから、言っているかもしれない。

甘いものの作り方なんて知らないから、自分じゃ作れないし、買い食いもチームに見つかるとどやされたし。

甘いものと言う物を、ちゃんと理解するようになった時には、アリーズは豹変《ひょうへん》していて、一緒に食べ歩きをしようなんて、言えなくなっていたから。

何も知らない剣士だったディオに、軽い事として喋ったかもしんない。

「その言葉が、頭にこびりついて離れないから、食べさせたいと思ったんだ」

「……んじゃ、遠慮なく」

おれはその容器を引き寄せて、長細い匙で、その甘いものに挑む事にした。

いろんな物が層になっているその甘いおやつは、たしかに、これを一つ頼んだら、たらふく甘いものを食べた気になるよなって味だった。

で、何種類もある豆の甘煮とか、餅っぽいものとか、ぷりぷりしたものとか、食感が色々あって食べ飽きない。

それが全部、甘い木の実の汁の容器のなかに入っているわけだ。

ちょうどいい温度だから、火傷もしない。

「うまいなあ」

「良かった」

「ディオは食べないのか？」

「おいしそうに食べる顔を見ているのが、うれしいからいいんだ」

「ふうん」

そんなお喋りの途中で、ディオが不意に立ち上がった。

「向こうに隠者殿がいるな」

「え」

「ここで待っていると教えて来る。ちゃんと食べるんだぞ」

「そこまでしてもらっていいのかよ」

「したいからいいんだ」

言いつつ、ディオは俺の後ろの通りに、少し速足で歩いていった。

耳を澄ませれば、会話が拾えるくらいの距離だ。

「隠者殿を探し回って、お腹を空かせているようだったから、そこで少しおやつを食べさせていま す。怒らないでやってください」

「私が後ろを確認しなかったのがいけないだろう。ずっと立ち止まらないで古本屋を歩き回ってしまっていた」

……やっぱりお兄さん、本に夢中でおれの事忘れてましたね⁉

らしいっちゃらしいか。おれが見てなかったのだから、仕方ない。

ややあって、よくなじんだ気配がおれの脇に立った。

「ここで待っていてくれて助かった、子犬。食べ終わったらまた少し、古書を見に行くぞ」

そう言ってお兄さんは、俺の頭を小突いた。

その後の古本屋巡りは、大したものじゃない。市場が終わったから、建物があるお店を回っているからだ。ただお兄さんが、なかなか動かないから、おれとしてはこれ以上本を抱えてどうするんだと聞きたくなった。

そして聞いてみた。

「これ以上道具袋に蔵書増やしてどうするんです」

「いかんせんこういう物に目がないんだ」

でしょうね。暇さえあれば本を読んだり解読したり、っていうのがこれまでの日常でしたもの。

「隠者殿は見る目がありすぎて怖い怖い」

商人が身を震わせる。お兄さんはゆるりと笑って答える。

「なに、古いものの目利きができるだけさ。新しい物はどれが面白いものか見当が、つかない」

「おっと、最新の本には詳しくないか。じゃあこれとこれとそれなんて。結構面白いという事になっているし、実践的な事も書かれているんだが」

お兄さんがそれを聞いて、おすすめの本をいくつか開いていく。いつ見ても虫がのたくったような形だな、文字ってやつは。ぱらぱらといくつかを開いて眺めて、お兄さんは嬉しそうに頷いた。

「これはなかなか面白そうだ、暇な夜長に読むにちょうどいい」

お兄さんはあっさりと購入を決めて、早々に買い求めてしまった。

値引きの隙なんてどこにもなかったんだけれど、お兄さんは気にしていないみたいだ。

「値引きしなくてよかったんですか」

「この金はあの商人が、新しい本を仕入れる際に使われる。支払っておけば何かまた、面白いものを仕入れてくるだろう。つまり自分の楽しみのための前払いだ」

へえ。よくわからないけれど、そういう物なのか。

何て言いながら、待ち合わせ時刻になって、おれたちは北区の端にある幾重《いくえ》もの柵に覆われた扉の前に到着した。

そこではすでにグレッグたちが立っていた。

何か調整しているらしい。顔を突き合わせてああだこうだと言っている。

「二人とも、待たせたな」

「ああ、札なし。そんなに待っていないから安心しろ」

「いよいよだな」

やる気十分な彼等に、おれは言う。

「道はおれが知っているから、おれが先導する。それ以外の戦闘展開は、その場その場に合わせようぜ」

「承知」

それが一番効率がいいと、二人も頷き、迷宮から戻ってきた冒険者たちとすれ違いながら、扉を開けて中に入った。

第三章　遭遇するはけたちがいの

ばちんと暗闇、しかし前もって灯しておいたカンテラで、周囲は何となく見えている。

迷宮上層部は、光源が本当にない洞窟の見た目だ。そして魔物が周囲で息をひそめている。あちこち枝分かれしていたり、魔物の巣窟になっている行き止まりがあったりする。地下迷宮の様相だ。

おまけに、誰かがはた迷惑な術、たとえば大規模な爆発とかを使って、新たな道を作ってしまったりすれば、見た目も変わる。道を覚えていても意味がないと言われる事もあるのが、迷宮の特殊性だ。

ある人は言った。迷宮は生き物の様に変動する、って。

この言葉は実に本質を見ているもので、実際に数か月前の地図が全く役に立たないなんて場合もある。

それでも、見る人が見れば古い地図だって迷わないで進めるのだ。

おれは今回道案内だし、道もちゃんと覚えているから、どんどん進んでいく。作り変えられたような状態でも、その道を進める理由は簡単で、その辺に生えている植物の種類を見ているのだ。

迷宮は場所によって生えている草が、全然違う。たとえ大掛かりな爆発を起こして、迷宮の形が変わっても、自生する植物は滅多に変わらない。

お兄さんに質問すれば、きっとすごい答えが返ってくるんだろう。聞いても、おれの頭じゃ理解できないものだと思う。

「よく迷わないな。お前しばらく潜ってないだろ」

「草を見てる」

「くさぁ？」

ケルベスが怪訝そうな声を出す。おれは目印の草を見ながら、続けた。

「迷宮はどんなに焦がされても、一日かからないで苔とか草に覆われる場所がある。そこで方向を決めてる。それに大まかな道は塞がれてないから」

「おい、それで大丈夫なのか」

「信じろよ」

先を行くおれが、普通は下に降りる時に、向かわないほうに歩くから、グレッグが問いかけてきた。

「おい札なし、こっちの道でいいのか？　普通は左側の道で降りていくだろう」

「だからずるがあるんだよ」

「ずる」

「そうそう。すごく簡単に中層まで下りられちゃう。これ知ってるのはかなり迷宮に潜っている奴

らじゃないかな」

「俺たちも結構潜ってるんだが」

「おれは上層部全域を歩き回ったぜ、あんたらは」

「……」

上層部全域を歩き回ったと聞いて、他の皆が黙った。

やっぱり皆、寄り道しないで下に潜るのだろう。おれはしばらく歩きそして、一つの青紫の光で覆われた穴の前に立った。ここまでの間に、何回か魔物に遭遇したものの、おれの先手必勝で終わってしまって、後ろの誰も戦っていない。

おれ盾師なんだけど、まあ先頭歩いているから一番、戦闘に移行するのが早いんだ。しょうがない結果だ。

「俺なんで札なしがこんなに強いのに、あいつらに使いつぶされかけてたのかわからん」

「あれだろあれ、初心者をいいように丸め込んだんだろ」

「子犬もそう言う事を前に言っていたしな」

背後の声がそんな事を言いあっている。

おれは盾を壁にぶつけ、三人を注目させた。注目すべきはこの青紫の光だ。

「はい、これがずるの中身」

「これって条件を満たさないと入れない結界だろう」

迷宮ではありふれた結界だ。ただし、条件がわからないと絶対に入れない結界でもある。

「無名は条件を知っているのか？」

「……というか、おれそんなのなしに入れるぜ」

「子犬、自分の無知の防御を当たり前にするな」

お兄さんの突っ込みに、おれはぐっと手を握った。

「大丈夫っすよお兄さん。これは実は」

俺は軽いステップを踏み、調子を整える。

「ここは何故か、〝息を止めて十秒光の前に立ち続けていれば、一時的に無効化される〟という条件の結界なんです」

「なるほど、普通は急いで通りたがるものゆえの、逆説の結界か」

「……お前本当だろうな」

「本当だぜ」

「では私が試してみよう」

お兄さんが疑わし気な二人を押しのけて前に出る。

「子犬が嘘を言った事は今まで知らないからな」

「隠者殿の絶対の信頼が痛い」

「札なしと隠者殿の絆が眩しい」

二人が色々言いだすものの、お兄さんは息を止めて結界の壁に立つ。十秒が経過すると、はらりと結界は消えた。お兄さんが先に進むと、結界はまた発動してしまった。それをみて二人も、進む事を決めたらしい。

「俺たちも行くぞ」

グレッグがいい、ケルベスも頷いて、お兄さんの後を追った。おれも無論行くに決まってるだろう。

結界の先には、淡く輝く宝玉《ほうぎょく》が置かれていた。本物の完璧な球体という物だ。その中で粉雪のような光が舞っている。

それを取り囲む壁には、物々しい立像が置かれている。武器まで迫力満点だ。

「なんだあれ」

「儲かりそうな見た目の、魔道具か？」

盗賊という名前だから、きらきらしたものに弱い二人が目を輝かせた。

でもおれは首をふる。

「あそこから外そうとすると、一気にそこら辺の立像が襲い掛かってきて死にかけるからおすすめしない」

「したのかよ」

「すぐに戻したから生きてんだよ」

おれはそういい、これを示して言った。

「これ、中層第五階に飛ぶ魔道具なんだ」

「はあっ⁉」

盗賊二人が叫ぶ。叫んでも魔物が来ないのが幸いだ。お兄さんは、じっと宝玉を観察している。

「確かに、転移の術に近い力が宿っているな」

「転移の術じゃないんですね」

「近いが方向性が少し違うように見える」

ふうん、でも見つけた時にはすごい便利だから、踊って喜んだっけな。

そこで中層の、見知った空間に到着したから、おれは全員を見回した。

「全員、飯だ！」

「ここで？」

「おい、こんな場所で食事休憩をとるのか」

「……」

おれに反論する盗賊二人とは違って、お兄さんは空間のあちこちを見たり触ったりし始めた。何か確認しているらしい。それか調べているのだろうか。

おれは知らない色んな知識から、ここがいかなる場所なのか、判断しようとしているのか。

まあ、ここなら少なくとも、魔物が寄ってこない。ちょっと離れても、大丈夫。

「お前ら、ここどこか知ってるか」

「中層だろ」

「中層の、第五階な？　ここから出て魔物に出くわしたら、お前たちは命がけだぞ。飯食う暇ないと思うぜ、逃げるのだって精一杯の事もあるかもしれない」

「お前も隠者殿もいるのに？」

「さすがに、お前たちが腹減って動けなくなったっていう、どうしようもない状態を助けるのは難しいと思う」

「札なしがまともだ。グレッグ、食べておこう」

「……これが金剛石級の言葉なんだな……腹立たしい事を言われていると思うんだが、重みが違う」

二人が腰を下ろした。おれはその脇で石を積み始める。

「何やってんだ」

「煮炊きする」

「は？　迷宮で煮炊きぃ⁉」

「おいおい⁉　そんな事する余裕があるのかよお前！」

「ここだから、やっても大丈夫なんだって」

おれは石を積んで、簡易竈《かまど》を作りながら、ある方向を指さす。

「あそこの条件鍵付き結界。あそこ以外に出入口がないから、魔物はどうやっても一方からしか入れない。それにここは、魔物の嫌いな匂いがあふれてる。それに」

「それに？」

「煙に魔物の嫌う匂いを混ぜれば、だいったい入らない。小蟲《こむし》くらいだ」

「……おい、換気の問題どうしてんだ」

「それを言ったら、どうして地上からかけ離れた地下で、おれたちは息をしていられるんだ？　それも飛んだり跳ねたり走ったり、息が苦しくなるような事をやっているのに」

「……考えた事が無かった」

難しい顔をし始めた盗賊二人を放っておいて、おれは竈に薪《まき》をいれ、鍋をかけた。火打石と火打ち金で火を熾す。それが鍋に熱を伝えている間に、道具袋から干し肉を出して細かく引き裂く。繊維方向に細く裂いていけば、直ぐに火が通るようになる。味もついているし、噛み応えもちょうどいい、肉になるわけだ。鍋に引き割り麦を入れていく。裂いた干し肉、干した野菜。塩を勘でつまんだ量いれて、直感でいくつかの、香辛料をちょっとだけ。入れ過ぎると死ぬほどまずい。そして香辛料はたくさん使うには高価すぎる。今回は、胡椒《こしょう》のような刺激のあるやつと、赤いけど辛くない粉。そして大体外れの香辛料にならない、なんかの木の葉っぱ。

香辛料は焦がさないに限る。焦がすとただの炭である。結論として美味しくない。入れただけ無駄な物になる。

「手慣れてるな」

「作り慣れたものだからだろ、これは迷宮の中でしか食べない」

「外のフィールドでも？」

「ここでしか食べないっていう物にしておくだけ。たぶん外でも食べられるけど」

続きを言いかけて、言葉がのどに詰まった。

「おいしい！　すごい、おいしい！　たてしはすごい、なんでもおいしい！」

最初に迷宮で、有り合わせで作ったこれを食べた時の、アリーズの顔を思い出してしまったせいだ。くそっ……何でもかんでも、あいつに関連付けてしまうのはどうしてだ。

そんな風に思っても、答えは知っている。

アリーズが一番初めの仲間で、誰よりも一緒に、たくさんのフィールドで命を預けあったからだ。どうしたって、最初の仲間は記憶から消せない。

一番初めというのは、そういう重さを伴うって、あいつとわかれてから知った。

……雨が降れば、洗濯物を取りこんでいる間に、シーツお化けになるあほをしたあいつを、アシュレの細い路地に入れば、先が見えないといって肩車をしてきたあいつを、思い出す羽目になっている。

こんな物はどうやったって、お兄さんとの幸せな記憶で上書きできないものだ。

その頃おれは、確かに幸せと呼べるものを、両手で抱えきれないくらい持っていたせいだ。

「ま、得意料理は色々あるんだ。あっちこっち飛び回ってた年数があるからな！」

わざと声を明るくした。そうしないと、思い出に潰される気がしたせいだ。

おれはそんなもので、潰されないはずだ。

潰さない、と決めたんだから。

慣れた調子で、これまた道具袋から取り出した大きな木の匙でひと混ぜ。迷宮では貴重品である水玉を放り込み、水が湯気になって出過ぎないように蓋をする。

腰から砂時計を取り出して逆さにして、これが全部落ちたら出来上がり。

「待ってる間に、ちょっと調整しようぜ。……お兄さん、何調べまくってるんです？」

「子犬が、ここは安全だという理由を探していたんだが……確かに安全になってしまうな」

「隠者殿、その理由は？」

「もともと迷宮と言う物は、地下世界に見えてその実、異次元という物とは知っているな？　本来確保できない空気が確保されている事や、自然に出来上がった地下通路とは思えない物……宝や道具、素材などが落ちている事、どう考えても多すぎる数の魔物が暮らす事などから、世界の理《ことわり》を捻《ね》じ曲げた空間とされている」

「特殊特殊とは聞くけれど、中身をそんな風に考えた事はなかった」

感心した声のグレッグ。ケルベスが続きを促す。

「それとここの安全性の理由はどうつながって？」

「ここ、はおそらく、後付けの空間だ。ここに来るために入った場所も。そのため魔物を近寄せない文言が、あちこちに刻まれている。そして魔物と言う種が、ここを認識できないようにする幻惑する茸《きのこ》があちこちに生えている」

「……認識できないようにする茸？」

初耳の茸だったから、聞き返してしまう。

「ああ。魔物はこの茸の胞子によって、ここを存在しない物と認識する。あの入口すら見えないし感じない」

条件鍵付き結界を示される。

しかしすごい茸だな。

「そんな茸がどうして、薬師に採取されないんだ？」

「そんな便利な作用があるなら……」

「この茸は栽培不可能と言われている茸でな。さらにすぐに劣化して、その特性を維持できない。千切った傍から干からびる。道具袋に入れておいても、取り出した途端にしなびる。まあ、使えない茸なんだ」

そのせいで、あまり有名な茸ではない、とお兄さんが説明した。

そうしている間に、砂時計の砂は落ちきった。

「全員着席、飯にする！」

おれは彼等に宣言し、鍋の蓋を開けた。干し肉の出汁を引き割り麦が吸い込んで、ふっくら丸くなっている。ところどころ干し肉の欠片があるから、それを均等になるように混ぜる。肉の出汁にちょうどいい香辛料を選んだから、味付きの肉の匂いに、ぴりっとしたものと、何処かほっとする匂いが混ざっている。全員が持っている容器によそっておく。

「迷宮でこんなまっとうな炊き込み麦飯を食べられるとは」

「これって金剛石の名前だからできるのか、札なしの得意技なのか」

おい、そこ、こそこそ話すな。さっさと食べろ。

色々言いあっている奴らとは違い、お兄さんは匂いを楽しんでいる。

「砂地の料理ではないな、どこで学んだものかわからないあたりが面白い。干し肉がうまい具合に戻されているから、膨らんだ麦と食べ合わせても違和感がないな」

「うわ、うまい」

「そこらの食堂の炊き込みよりうまい」

グレッグたちが手を付ける。

そこでおれは、やっと食べ始めた。

「盾師の野郎が本当に非常識すぎて追いつかない」

「金剛石級てこんなにとんでもないのか」

食べた後、中層第五階まで下りたあたりで、ぶつぶつとグレッグたちが文句を言っている。

おそらく魔道具を使った後で、結界の解除に失敗して泥だらけになったからだろう。

それを予想していたおれや、どんな事も対処できるお兄さんは汚れていないけれど。

『普通ないだろ』

「普通に考えてあんなもの使いこなせるのがおかしいだろ」

「ああいうのすごい珍しい魔道具だろ」

「なんで持ち帰って鑑定ができないんだ」

「持ち帰る前に死ぬだろう、浅はかな考えはやめておけ」

ケルベスの言葉に、注意をするお兄さん。後ろはさっきから喋ってばかりだ。

ランプのおかげで、明るいのが嫌いな魔物は近寄ってこないから、こうして暢気《のんき》に喋っているわけだ。

そしてランプにくべている、魔物が嫌いな匂いの香草の香りの効果でも、ある。

これ、どこにでも売っているけれど、複数の調合次第で色々化けるんだよな。

まだ三つくらいしか調合した効果、わからないけどさ。

「さっきからうるさい。そんなに変な物だったのかあれ」

俺は背後を振り返り、問いかける。その間も足は進んでいく。

「迷宮はそういう省略の魔道具が作動しないって事で有名な特異フィールドなんだぞ」

グレッグが言った。それは初めて聞いた情報だった。

帰るための強制転移の魔道具は使えるのに、フィールドを省略する魔道具が働かないなんて。

変な話だな、同じような物じゃないのか。

「へえ、初めて知った」

「だめだこれ、こいつ自分がいかにとんでもない物を使ったかわかってない」

おれが驚きもしないからだろう。ケルベスが溜息を吐いた。自覚がないとまたぼやいているけどな、おれ使えてんだから、その情報間違いだろ。

事実として、おれたちの持っている位置情報を示す小型羅針盤は、ここが中層第五階だと示しているのだし。

「たしかに」

でも、言われておかしいと気付いたのだろうか。お兄さんも顎に手を当てて呟いている。

おれはそこで、前方に現れた光大蛞蝓《なめくじ》を、取りあえず蹴《け》飛《と》ばして道の端に寄せておいた。

「それは殺さないのか」

「こいつら死体か植物しか食べないから、生きてりゃ実害はない。ただ通るのに邪魔なだけ」

動きもおそいしな。もともと害はないし、食べてもおいしくないから殺す事もしない。

「どう見ても獲物を襲って食べる肉食の魔物に見えるのに、見かけによらないってやつなんだな」

しげしげと光蛞蝓を見て言っているグレッグ。確かに襲ってくる蛞蝓魔物、外だとたくさんの種類がいるもんな。

今までの経験だけなら、捕食者として襲われると判断されるだろう。

「これがいると、あの光草に近い。こいつらあの草貪り食ってるからな」

おれはもう一匹、ぬめぬめとする巨体を持ち上げて道の端に寄せる。のたのたと動く蛞蝓たち。

「……もしやこいつらの光は、宵闇蛍草の花粉の光なのか」

「……さっきから光る蛞蝓の数すごくないか、それを考えるとちょっとした群生地っていう次元じゃない気がするぞ」

確かに前にここを通った時よりも、光蛞蝓の数は多いな。

まあ増えたんだろ。

それか宵闇蛍草がおいしいのか。

よくは分析なんてできない、そんなのはお兄さんに任せるものだしな。

おれはその後、行き止まりのような場所で止まった。ここは確か、行き止まりじゃなかったんだけど。

「どうした盾師」

「ここ前は……行き止まりじゃなかったんだけど」

「どうせ誰かが大技使って道をふさいじまったんだろ」

「じゃあどう行くか……っ！」

どう行くか、道を考えようとした時だ。何かが通路の脇を危険だと判断し、おれは盾を構えた。

そしてそれは正解で、盾にすごい衝撃が来た。

斬撃《ざんげき》の衝撃だ。それも相当すごい。叩き切るという物ではなく、剣筋を通す、と言う方面の凄腕が切ったに違いない衝撃だった。

おれはほんの少し、腕が切り飛ばされる心配をしたくらいだ。

そしてそれが作った穴から現れたのは……。

「聖騎士ディオクレティアヌス！」

グレッグが驚いた顔で言う。

そう、ディオが現れたんだ。それも一人で。

こんなに珍しい事はないだろう。

「こんな所で何をしているんだ？」

ケルベスが目を真ん丸にしている。おれだって真ん丸になる。

お兄さんは目を少し細めて、様子を見ている。

ディオはこっちを確認し、頭を下げてきた。

「すまない。ここに誰もいないと音から判断したんだが……誰かに怪我をさせてしまったか？」

「とりあえず大丈夫」

「全部札なしの所だったもんな」

「！　盾師、怪我は」

ディオがおれに聞いてくる。むろん盾のなかだったから怪我はない。

「ないない。通路が頑丈だったからだろうな、斬撃の威力が少し弱かったみたいだ」

盾の表面に少し残った傷から、おれはそう判断した。

お兄さんが聞いてくる。

「何故ここに？　ドリオン直属の配下の一人が」

「このあたりで、行方不明者が大量に出ているから、原因を調査するためです。一年でかなりの数の冒険者が、この周辺で丸ごと消え失せていると、ギルドの術者たちが確認したんです。だが直接的な原因を見つけられず、何人も調査員が迷宮に潜っていまして」

「で、ここにたどり着いたのがお前だけという事か」

「はい。その際に、ここに誘導されるようにできているとしか思えない道を、いくつか確認しました」

「待ってくれ、ここが罠だってか？」

「それに近いんじゃないか、と俺は思っている」

ディオの言葉に、お兄さんが難しい顔をしている。おれは行き止まりの方に少し寄って、あ、と声をあげた。

「ここ行き止まりじゃなかった。思い出した。ここ扉だったんだ」

「壁だろうが」

「ちがう。よく見ろよ。ここ。ちょっと土にまみれてるけど……鍵穴があるだろう」

おれはその部分を指でこすって、現れた小さな鍵穴を指さした。それを見て、盗賊二人が顔を見合わせて、またそれを見てから叫んだ。

「迷宮に鍵穴⁉　なんて事だ！　真面目に魔王の痕跡じゃないか！」

ひっくり返った声で言うケルベス。お兄さんがおれを自分の後ろに押しやり、鍵穴に灯りをかざして調べ始める。

「確かにこれは、魔王の痕跡の一つ。蛇の鍵穴だ」

「蛇の鍵穴」

聞いた事のない言葉だったけれど、お兄さんがだろうな、何て同意して教えてくれた。

「邪は蛇に通じる。印があるだろう、蛇が自分の尻尾をくわえている。終がない事を示す、魔王の紋章の一部だ」

お兄さんはきりっと目を吊り上げて、その鍵穴を睨む。

「子犬、ここは帰るぞ。宵闇蛍草はあきらめよう」

「なんで。せっかくここまで来たのに！」

この扉の中に、その空間を埋め尽くすような大きな水たまりがあって、その水の中で宵闇蛍草らしき物がたくさん生えてるってのに！

俺の文句に、お兄さんが真顔でいう。

「この先に魔王の遺物があった場合、お前以外にどんな影響があるか、わからないから言っている。魔王の遺物は、近寄るだけで発狂するような物も実在するんだ」

「……じゃあどうするの」

この後。

「これは戻ってギルドに報告するしかない。ここまで確定系の魔王の痕跡があるならば、ギルドに報告の義務がある」

ディオも鍵穴を調べている。さっきからコツコツと、扉を叩いて、音を何か調べているようだ。

お前何してんの、と聞く前に、大事な事を思い出す。

ケルベスとグレッグの方を見て、お兄さんに訴えてみる。何とかする方法知っていないかな、と思っての事だ。

「じゃあこいつらのミッションは失敗って事になるじゃないか！　仕事請け負って失敗なんて」

「かまわないぜ、俺らは。というかこの報告だけで結構な報酬が手に入るかもしれない」

周囲を見回し、ここに至るまでの道のりを記録する、羅針盤《らしんばん》の補助機能を働かせている、グレッグ。行き止まりのスケッチをするケルベス。

大事な所は手書きで、しっかりと記録をする。それは盗賊の習慣だろう。それとも、おれが知らないだけで何か、ギルドの方からお達しがあったりするのだろうか。魔王の痕跡の事、ほとんどアリーズ任せにしていたから、あんまり詳しく知らないのだ。

盾師は守っていればいい、と思っていた事の結果でもある。

「今回のミッションの失敗は仕方がないというか、失敗しなきゃいけない奴だったってだけだ」

グレッグがおれの頭をぐしゃぐしゃとかき回す。

「それ以上に、二人にここまで付き合ってくれたお礼、をしなきゃならないだろうな」

スケッチを続けながら、ケルベスが言う。お礼って必要ないだろうに。そう思っていると、言葉が続いた。

「札なし、今回は俺たちがいいと言っているから、諦めてくれ。お前のお兄さんも諦めると言っているのだし」

おれはもう何も言い返せなくて、口を開いて閉じた。それから膨れた、非常に不服だったが、しようがない。

「じゃ、省略の道具使わないで、上に上がろうぜ。いざって時の道のりを、羅針盤に記録しておくの、必要だろ」

「わかった。で、ディオはどうするんだ？　このあたりで行方不明者続出って話なんだろ？」

「このあたりに、人を丸呑みできる魔物の痕跡が、何一つない。あるならこの先の扉のような気がするんだが……向こうの音と気配を探っているんだが、まるで感じ取れないんだ」

扉を叩いて、耳を押し当てて、また叩いて、いくつか魔物が嫌う音を鳴らして。

ずっと扉の向こうを調べていたディオが、何か考え込んでいる。置いていくのもどうかと思うし、ここで出会ったんだから一緒に戻った方がいいと思うんだ。

別にディオが弱いと思っているわけじゃないんだけど。なんか……妙に一人にできない気がしているだけなんだ。

何でだろう。

「先ほど」

お兄さんが口を開いた。扉の方から全く目をそらさないで、何かを視線で押しやっているように。

「ここに誘導されるような術がいくつもあった、と言っていたな。聖騎士」

「ええ、隠者殿。ある一定の道を進むと、ここに誘導されてしまう……そんな道がいくつも」

「ならば、迷宮と言うものに働きかけるだけの力を持つ、何かしらが、ここに誰かを呼ぶようにしたのだ。それしかありえない。……っ、そこから離れろ、聖騎士！」

いきなりお兄さんが鋭い声をあげて、その声に反応してディオが扉から飛び退る。

なにか、よくわかんない物が扉の隙間から、伸びていた。

おれが今まで見た事のない、魔物なのかもっと別の物なのか、判断のつかない〝なにか〟がディオを捕まえようとしていたらしい。

普通に戦っていたら、剥せない鎧の一部が引きちぎられたのだから。

「どうやら……お出ましになったと見える」

お兄さんが視線をそらさずに、それの正体を見極めようとするようなまなざしで、その〝なにか〟を眇めた瞳で見る。

「かなりの強い力の様です、隠者殿。この鎧は結構な強度に仕上げてもらったのですが」

ディオがお兄さんの視線の邪魔にならない前方に立って、片手を剣に添えた。

臨戦態勢が、整ったのだ。おれも盾を展開する。足の無駄な力を弱めて、少しでも素早くぶちかませるように。

〝あと少しだったのに……〟

べっちゃりとした声が、そこに響いた。

〝あと少しだったのに……ほしい、ほしい〟

ねっちゃりした、ねばついた音で、それが言う。耳にしつこくこびりつくような声音だった。

その声は、全員に聞えていたらしい。

隣のディオが、すごく厳しい顔つきになる。攻撃に移るかと思った矢先。

「全員退却！」

お兄さんがいきなり怒鳴った。同時に周囲に、あり得ないほどの雪が積もる。

「一時的に抑えている、全員走れ！　あれに見定められた。下手を撃てば食われるぞ」

お兄さんはこんな嘘は言わない。だから事実だとわかってしまう。

ああ言った物は、見定めたものを逃さない、しぶといものと相場が決まっていた。

先に盗賊二人が走り出す。

その後にお兄さん、おれとディオが並走する。

「本物の痕跡だな……こりゃ」

真っ青な声と言う物があるなら、まさにこんな感じだろうという声で、グレッグが言っている。

「逃げるぞ仲間たち、これは奔《はし》って振り切らなきゃならない。盾師、帰る道のりの検討は」

「つく。いいや、これ使え」

おれは道を記録している羅針盤を、盗賊二人に投げ渡した。

「おれは盾師だ、しんがりを務める。あんたらの方が足が速いから、あんたらが先に行け」

「めんどうだ。あの程度の凍て方では、一時しのぎにもならないらしい」

お兄さんが背後の気配を探っているのだろう。走りながらそんな事までできるなんてすごい。いや、感心している場合じゃない！

ぬたり、と足元に何かが絡みつき始める。

おれ以外の三人に。

おれに効果がないのは、無知の防御の結果かもしれない。見えてても、おれは効果がわからないから通用しないのだ。前方の三人の足元は見えても、隣のディオの足元まで確認できない。

「出口まで走れ。とにかく、全力だ！」

お兄さんが明らかに危ないと認識している声で、怒鳴る。二人も自分の足を見て蒼褪めて、一層速く走り始めた。

走る、走る、走る。皆全速力で、おれの羅針盤をつかって出口まで走っていく。途中何度も魔物に出くわしたんだが、そのたびにお兄さんが、

「凍てろ！」

と一言で氷漬けにしてしまい、今の所進路を邪魔されてはいない。そして問題の訳のわからない物も、おれにさえ追いついていない。

だからおれは、前の三人にそれを伝える。

「まだ大丈夫だ、おれにすら追いついていない！」

この世界で、そう思ってしまったら術はそんな効果を発揮する。

つまり、前の三人が、絡みつかれて捕まってしまった、と思ってしまったらそのとたんに、扉の向こうからのびてきた何か、はすぐさま三人に絡みつくだろう。

前の相手が捕まったら、自動的にディオも巻き添えを食らうだろう。

おれは例外だ、おれは絡みつかれるなんて思わない。

それもあって、おれはこの場合しんがりが最も適役というわけだ。

さらに、聖騎士と言うある意味聖職であるディオは、ああいった危ないモノに対する攻撃手段を持っている。一緒にしんがりを務めても問題がない。

「ディオは奔れるか」

「これくらいなら大した問題じゃない。問題は前の二人だ」

「……くっそ！」

グレッグもケルベスも、そろそろ体力が限界だろう。

普通は三日か四日ほどかけて到着する、迷宮中層第五階から、一気に迷宮の出口まで走らなければならないのだから。

命がかかっていなかったら走れない距離だ。

「さっきから強制帰還ができない！」

奔りながらケルベスが叫ぶ。

グレッグもケルベスも、さっきから〝強制帰還の魔道具〟を使用しようとしているのに、それらが作動しないらしいのだ。

「おそらくあれの何かの波長が、術を遮断させている」

走りながら、同じ魔道具を作動させて、お兄さんが分析する。

「お兄さん、あれ完全に凍らせられないんですか⁉」

「迷宮でそれをやってみろ、迷宮自体が破壊されて全員生き埋めだ！」

「何で⁉」

叫んで思い至った。迷宮は存在自体が魔術的なフィールドなのだ。

お兄さんが本気出してあれを凍らせたときに、迷宮を維持する魔術的な力も、一緒に凍らせないとは言い切れない。

さっきの雪は、一時的な抑えだから、まだどうにかできたのだ。

でも、あれはその程度の力では抑えきれないとんでもないもの。

だからお兄さんは、あれを凍らせられないのだ。

全員生き埋めとか、絶対に笑えない話だもの。

「こんな奔らなきゃならないなんて……！」

「隠れるのも無理ですか、隠者殿！」

「あれが迷宮の中で、自分の所まで相手を誘導できるほどの力だった場合、迷宮全土があれの領域だ、隠れた事にならない」

息が切れそうなくらい走りながらも、お兄さんはとっても冷静だった。

隠れる事はやめた方がいい。事実だろう。あれが、どこまでおれたちを追跡するかわからない以上、ここから脱出するのが、一番安全なのだ。

迷宮の中の理は、迷宮の中でしか作用しないともいわれるくらいなのだから。

時と場合、さらに術によっては、迷宮を出た途端に霧散するものもあるくらいだし。

「も、もう走れない……」

そんなやり取りをしながらも、死に物狂いで皆走っていて。最初に音を上げたのは、先頭を走っていたグレッグだった。

確かにかなりの長距離を全力疾走しているから、そこまで体力を必要としない盗賊は、もたない。

どうする、おれが担ぐか⁉

この中で一番剛力で、体力があるおれがその選択するべきか。瞬間的に考えたものの、お兄さんの速度が上がり、グレッグを軽々担ぎ上げるや否《いな》や、言った。

「私に羅針盤を！　私が先導する！」

「助かった！」

相棒を担いで逃げる事は、さすがにできなかったらしいケルベスがほっとした声で言う。そしておれたちはそのまま、迷宮上層第三階まで駆け抜けた。不思議とほかの迷宮探索者と、遭遇しなかったんだが。何かの力か、それとも運がよかったのか。あれがおれたち以外に、目を付けた場合を考えるに、運がよかったのだ。と思いながら走る。

そんな時だったのだ。

「何だあんたたち、そんなにせき切って⁉」

前方からなんと、運の悪い冒険者のパーティが現れたのだ。

お兄さんがらしくない舌打ちをした。

「変な物に目をつけられた！　お前たちも急いで戻れ！」

「ドリオン直属としていう、とにかく脱出しろ！」

お兄さんがやばいと判断しているものだ、他の面々にとっても危険極まりない物。さらに、ギルドマスター剛のドリオン直属の聖騎士に言われるとは、相当な事態だ。

冒険者たちは怪訝そうな顔をした後、おれらの背後を見てから表情が凍った。

「な、なんだあんなにたくさんの目玉は！」

「口もあるぞ⁉」

「真っ黒い影に目玉と口がある！　聞いた事のない魔物だ！」

「言う暇があるなら走れ！」

戦闘態勢に移行し、道をふさぐ結果となった彼等に、お兄さんとケルベスが怒鳴る。グレッグは担がれて揺さぶられて、喋れない状態だが、同じ事を思ったらしい。

そしてケルベスが、背後を見てしまったのだ。

「追いつかれた！」

そう、認識してしまったとたん。

背後のやつは急速に近付いて、一気におれたちに群がってきたのだ。

やるしかない。

覚悟を一つ決めて、おれは後ろを向いた。

「おれが食い止める、おれを信じて先に逃げろ、全員だ！」

「子犬、魔王の痕跡に由縁するものだ、さすがに無茶だ！」

お兄さんがらしくなく、声を荒げた。でもおれは譲らない。

「名前も持たない、これの正体も想像がつかないおれが、一番被害を少ない状態で足止めができる！　お兄さん、おれを信じて行ってください！　それで急いで、迷宮の出入りを停止させてください！」

「……こいぬ」

お兄さんが小さな声で言う。

構うものか、ここで食い止めない盾師がどこにいる！

「おれは盾師だ！　行って、お兄さん！」

「だが」

おれの言葉に止めようとするお兄さんだが、おれはここの適役が自分だと、一番知っていた。

だから怒鳴り、その大小無数の目玉と口のそれを睨む。グレッグを担いでいる以上、お兄さんは逃げるしかない。遭遇したやつらも引き連れて、お兄さんたちが出口まで逃げていく。

それを音で確認して、少しほっとする。

ほっとして……脇に残っている聖騎士に、ぎょっとした。

「なんでいるんだよ！」

「あれが行方不明者を多発させている物の正体ならば、欠片なりとも持ち帰って、調査部に渡すのが仕事だからだ」

聖騎士は片手を剣にあてがい、一瞬こっちを見て表情を緩めた。

「それもあるんだが、お前を一人残すのだけは、してはいけないともう知っているのもある」

「逃げる気は？」

「さらさらない」

聖騎士は、剣士だった頃から、こうなったら譲らない。

「おれが遊び相手だ！　盾師の本気を見せつけてやる！」

逃げた方がいいんだろう、でもおれは盾師だ。しんがりを務めて、皆を守るのが盾師の誇りだ。

その誇りを無視して、皆を守れずに逃げ出すなど笑止千万！

高らかにそれを相手に語ったおれたちを、ついにそれは認識した。

のたのた、と黒い闇の塊がおれらの前で止まる。

なんだかわからないものだ、わからないから術の効果はない。

ただ声が、いくつか聞えて来るだけだ。

ディオの剣が閃く。

おれでも目視できない速度で、鋭い圧力に似た斬撃が、それに何度も通される。黒い闇が、何度も、めちゃくちゃに切断されていく。それが、苦痛の声をあげるのが、その波動が、おれにも伝わってきた。何か仕掛けて来るなら、おれが庇わねば、と思っても、斬撃が鋭すぎて、ディオの前に出られない。

お前強くなったんだな……なんて油断したのがいけなかったに違いない。

〝おそれがない〟

〝わたしが通用しない〟

〝この先に行けない〟

物体に見えている目玉や口は、次々とひしゃげて潰れて、液体をこぼしていくけれども。

致命的な攻撃を与えられないのは、斬撃が鋭すぎるせいなのか。眼玉《めだま》も口もあらかた潰したあたりで、それの声は呟いた。

〝これはすごくつよい〟

〝じゃあ〟

何か来るな、と身構えた時。

〝飲み込んでしまえばいい！〟

それが頭にそういう意識を流し込み、回避する余裕もない速度で、黒の塊がおれらを飲もうとする。

「ディオ！　下がれ！」

おれは前に出て、ディオを蹴飛ばし、そのまま塊に丸呑みされた。

◇◇◇◇◇◇

世界が光を何も認識しない、そんな暗闇になったから、飲み込まれたとわかるだけだった。こいつ人喰いか？

にしては人の血の匂いや、人喰い特有の気配がない。

なんだ。暗闇で、自分さえ認識できないから、おれは自分の体に意識を集中させる。

そして、狂気に浸らないようにする。何度も中でデュエルシールドをふるっているものの、効果はいま一つの様で、そして中にいるからか相手の声もわからない。らちが明かない、と舌打ちした時だった。

『おいおいおいおい！　面白い事になってんじゃねえのかぁ！』

おれの尻ポケットに入る大きさになっていたらしい、あの呪いの本がそこから飛び出した。

この前封印を千切った後、再封印していなかった事も、ここで思い出した。呪いの本はおれの視界に映る。え、お前の事見えるの？

さすが呪い本、何から何まで規格外……。と思っている間に、呪いの本はこれの正体を看破したらしかった。

ばらばらと己の体をめくって、高らかな声で笑いだす。

『笑止千万、傑作だ！　たかだか一つ分の呪いが、おいらたち集合体を飲み込もうなんざな！　どっちが食らわれる側か、理解するといい！』

え、お前魔王の痕跡に付随する術を、食らえるの。

流石に突っ込みそうになったが、さすがのおれでも、目の前で始まった光景に絶句するしかなかった。

本の真っ白なページが出たと思えば、そこにどんどん闇が吸引され始めたのだ。

それも、つぎつぎと文字らしき形に分解されて、引っ張り込まれていく。

この事実は、おれと本を飲み込むやつにとって、想定外すぎたらしい。

さらに、外からすごい衝撃が加わり始める。

斬撃と言うよりも、殺気の塊みたいなものが、立て続けにやつを切り刻み始めたらしい。

やつは……。呪い本が言うに一つ分の呪い……は内側から、外側から攻撃されて、耐え切れなくなったようだった。

中にいるおれでも、寒気がするほどの殺気の刃なのだから、うん。察して。

ぐわんぐわんと闇が揺れて、闇の隙間から、ぐちゃぐちゃになった声が届く。

「盾師、盾師！　どこだ、お前、どこに飲み込んだんだ！」

ディオが叫んでいた。おれを求めておれを呼んでいた。そして一瞬、おれは確かにあいつと目が合った。

「そこか！」

斬撃の種類が、一変したのが、中にいてもわかってしまった。ただ攻撃していたのが、明らかに、完全な切断のための斬撃に変わったのだ。

これはかなり大きな変化だった。さらに、ぐいと闇のなかに、手が伸ばされた。

「掴まってくれ！」

いつかのおれとよく似た言葉が、あいつの言葉でおれまで届いた。おれは今がチャンスだ、とその手を力いっぱい掴んだ。掴まれた感触があったんだろう。ディオが片手の剣で色々切り裂きながら、おれを闇の体内から引きずり出した。

ただ、あんまりにも力いっぱい引きずり出そうとしていたんだろう。ディオがおれを完全に出すと同時に、しりもちをついた。

でも痛みがあんまりないらしい。

「盾師、無事か？　痛いところは？　目が回ったり吐き気がしたり、変な所は？」

おれの顔を固定して、まっすぐにあの、命が芽吹く色の瞳で見つめて、泣き出しそうな顔で見つめてきた。

「おれは無事なんだけど……本が」

「本？」

そう、呪いを吸収していた相方の無事は……と闇の方を見た時だ。べちゃっと、呪いの本は吐き出されたのだ。

それでも接続を切らなかったのか、呪いの本は闇を吸い続けたんだが。

ばつっ、とあれは自分の体を断ち切ったらしい。

その事で強制的に、呪い本とのつながりを切って、どんどん奥へ逃げ出していった。

「……たすかった」

うん、たぶん、すっごく、呪い本に助けられたと思う。

でも呪いの本は余裕の声で答えてきやがった。

『あんなちゃちな子供だまし、おれさまからすりゃ赤子の手をひねるようなもんだったんだがな。自分の尻尾を切るとは、なかなかかもしれない』

心配して損した気がするんだけど⁉　お礼いつ言えばいいんだよ！　そんな視線で見ていると、呪い本が、お、と呟く。

『おでれぇた！　中途半端に飲み込んじまったから、形態が変わっちまうぜ！』

「は」

不意に呪い本が明滅したと思えば。形が変わってそして。

「星図のある黒い……なんだあれ……？」

「みずまんじゅうに似ている」

ディオがまじまじと見つめて、知らない単語を言った。

「なんだよ、みずまんじゅうって」

「外側がぷるぷるしていて、つつくと弾力があって……中に甘い豆の潰した奴が入っている、故郷の高級な水菓子だ」

「いや、これお菓子っていう見た目じゃないだろ。もうちょっとこう……生き物めいてる」

としか言いようのない物が、呪い本のあった所でぬめぬめしていた。

おれはそれをしげしげと見た。

「こんなもの初めて見るんだけど、どんな魔物だよ」

魔物以前の問題かもしれないんだが。

そいつはおれの命の恩人であり、頼もしい呪いの本なわけだ。

見た目の変化なんぞささやかだ。

だがこれを、他の奴らはどう見るか。

持って帰った後の不安が少しあるものの。

『しらねえな、きっと魔物じゃねえよ』

なんて、主張する呪いの本。持って行ったら大騒動だな、と感じてしまう見た目だ。

それくらい、魔物っぽい見た目なのだ。黒くて光っててぬめって、のたっ。

しかしそいつを置いていくのはできないので、おれはそっと両手でそんなぬめぬめを持ち上げた。

大きさは小型の猫くらいである。そして星図がきらきらピカピカ瞬いている。

ディオのいうみずまんじゅうみたいな形状でなければ、きれいだと思う人間も多いだろう見た目だ。

しかしその正体不明の水菓子っぽさがすべてを裏切っている。

「何でこんな形になった」

ぐんにゃりしていて、手からこぼしそうだ。指の間からすり抜けていきそうなくせに、重量感はたっぷりときた。

持ちにくいったらありゃしない、とぼやくと、元呪いの本は言う。

『あれの周囲にいた形ある生き物、が骨のない生き物ばっかりで、あれが飲み込んだ数が多かったからだろうな』

「だが、あれはおそらく、冒険者を大量に飲み込んでいたが」

『でも、数で言えば骨を持っている奴よりも、骨ない奴の方が飲み込んでたぜ、あれはそう言う系統の呪いだ。周りの意識あるものをどんどん飲み込んで膨らんでく』

つまりあれを中途半端に飲み込んだ結果、あれが飲み込んだ物の形に影響されたって言いたいのか呪いの本よ！　ったくお前は……。

「まあ、ありがとうな、おかげで助かったわけだし」

ちゃらんぽらんみたいな言動だけど、恩人だよ。

文句は飲み込みお礼を言う。事実だからだ。

だが呪いの本だった黒みずまんじゅうは、けらへらりら、と笑い声を立てる。

お礼を言われるゆえんがない、とでもいうのか、この野郎。

と内心で憤慨《ふんがい》していたら
『持ち主が飲み込まれちまったら、おいらたちも外の世界なんて見られないからな。だけどな、運は確実に良かったぜ』

なんて事を言いだした。どういう意味で運がよかったのだろう。

「どういう意味で」

『俺様の封印があったままだったら、あんたあれに消化される運命しかなかったぜ。あれは時間をかけても、確実に腹の中身を消化していく系統だ』

どうやら封印がちぎれたままだったから、おれの命は助かったらしい。

物事、どんな方向に転がるか、わかったもんじゃねえな。

ほっとして息を吐きだし、デュエルシールドを担ぎ直す。

そのまま歩いて迷宮の出口まで行けば、お兄さんが入り口の前で立ちはだかるように立っていた。

そしてすさまじい眼光で迷宮内を睨んでいたと思ったら、おれを確認する。

あ、目の色が変わった。

底の底のなにかが、ふらりと揺れて、ぱりぱりと凍っていた空気の水っけが、はらはらと落ちていたのだ。

氷の精霊とやらが踊っていそうだな、とどっかで思ってしまった。

綺麗だな、お兄さんのあれ。

なんて他人事のように思ってしまいながら、お兄さんとじっと目を合わせていたら。

度が変わった、え、お兄さん走って来る⁉

腕が伸びた、おれが避ける間もなく。

お兄さんに包まれていた。

みしり、なんて音が体の中から響く気がする。

骨が折れるな、と思うくらいの、痛みのある、抱擁《ほうよう》だった。

「ああ、子犬、無事だった、無事だった。お前は信じろと言うが、いくらわかっていても信じ切れないほど心配な、この隠者の気持ちはわかるまい」

「ディオクレティアヌス！　お前も巻き添えになっていたか、無事だったか！」

聖騎士の方に走って行ったのは、見覚えのある、確か使役獣を取り逃がしていたディオの同僚だ。

彼に無事な姿を見せるディオ。でも鎧はぼろぼろで、かなり悲惨な見た目なのは間違いなかった。

「見ての通りだ、どうにも迷宮の中のあれは、かなり厄介なもののようだ。迷宮に干渉し、己への誘導路を作るほどの力の持ち主でもある。迷宮に潜れる冒険者には、全員通達を回した方がいい。今まで報告がなかった分、飲み込まれた冒険者も多いだろう」

「お前がそう言うってかなりだな、……そんなぼろぼろで。隠者殿たちだけの話で、半信半疑な所があったんだが」

「おい、隠者殿疑うなよ」

「いきなり、迷宮を封鎖する必要性のあるほどの化け物が、中層五階以降で現れたなんて、信じられるか！　前例がない」

グレッグの言葉に怒鳴り返す、ディオの同僚。

でも出ちゃったんだから……と思いながら、おれは動けなかった。だってお兄さんがしがみついているからだ。

ぎゅうっと腕を絡まれて、密着するほど抱きしめられて、心臓の音を感じて気付いた。

お兄さんの体が震えている事に。

本当に、おれがいなくなる事が怖かったのか。

そう思うと、申し訳ない事をしてしまったな、と思う。

お兄さんほどの強いお人でも、信じる事ができない事って、あるんだな。おれが強いとわかっていても、戻ってこないと恐れたのか。

しかし、だからと言っておれが、しんがりを務め、あれを足止めしないという選択肢はどこを見てもないのだけど。

「お兄さん、お兄さんの狗《いぬ》は、盾師だから、な」

他になんて言えばいいのかわからない。

でもそう言えば、お兄さんが余計に腕を強くする。

「お前の盾師としての在り方は、知っていても。知っていても受け止めきれない物があるもしもを考えて、気が狂いそうになる心がある。わかってほしい、私の子犬」

子犬、と呼んだあと。

お兄さんがおれをじっと見た。

そしておれから腕を離し、ふわりと膝をついた。

その仕草に背後が仰天する声をあげている。

なんでだ。

わからないまま、お兄さんを見ていたら、おれの傷痕しかない手を取られた。

「お前に名前を、お前に幸いを。お前にアラズの守りの名を」

と、どこまでも真摯な声で言われた。

聞いている方が黄色い声だの悲鳴だのを上げている、訳がわからないのは、おれだけ？

「さあ、諾《だく》の言葉か否《いな》の言葉かを。アラズの名前を受けてくれるか。受けないか」

おれは目を瞬かせた。

お兄さんはどうやら、おれを形どる名前を決めてくれたらしい。

それがアラズというらしい。

アリーズに似ている名前だが、お兄さんが考えたおれに最もふさわしいだろう、お兄さんのなかでも飛び切りに、素晴らしい名前なんだろう。

欲しいと言ったのはおれだ、そのおれが欲しくない、要らないというわけがない。

「諾を、お兄さん。おれの名前はこれからアラズ」

『ま、ばっ、おまっ！　意味わかってねえだろ⁉』

笑顔でお兄さんの手をしっかりと握って、膝をついて視線を合わせようとした時、腕のなかでのたしていたやつが、裏返った声で悲鳴のように叫んだ。

「え、お兄さんが名前くれたんだろ」

『おい相棒！　その前の台詞《せりふ》を思い出せ、その言い回しは求愛だって言ってんだよ！』

「え、この言い回し求愛なの⁉」

名前をくれるというあたりですっ飛ばしていた言葉に、え、と声が漏れた。

周りは天地も割れそうな大騒ぎだが、おれとお兄さんとそいつの間だけ割と静かだ。

「お兄さん求愛してんの」

「していると言ったのに、聞いていなかったのか、アラズ」

「名前くれるって事だけしか、聞いてなかった」

「だがアラズ、お前は言葉に諾と返した。言い逃れもやっぱりやめたもできないぞ」

でしょうね。

誰でもなくお兄さんとの言葉の交わしあいだもの。

おれはお兄さんの求愛を受けた事に、なってしまったわけだ。

だが。

おれはにやりとお兄さんに笑い、言い返した。

「諾と返して、おれのありようが変化するわけでもなし。どうせ肩書の何かが増えるだけだろ。無理やりおれを変えたくて、お兄さんともあろうものが、名前をくれるわけがない！」

それを聞いたお兄さんが、数拍おくれて大爆笑した。解せぬ。

そして隠者のあるまじき大爆笑に、周囲が静まり返っても、お兄さんはツボに入ったのか、笑い続けていた。ディオがおれの脇に立つ。そして静かな声でお兄さんに言った。

「知らない相手を口先で騙すとは、あまり褒められた行為ではないだろう、隠者殿」

「郷に入っては郷に従え。こちらのやり方は一般的な言葉だと言うのに、何ゆえに聖騎士は問題を告げる？」

「盾師が知らずに答える結果になったからだ。きちんと考えさせてやってもらわなければ、それは意思を無視した事になる」

「そうかそうか。ではアラズ、この名は嫌か？」

「さっきも言ったじゃないですか。おれはこれからアラズなんだって」

何に問題があるのか、さっぱりわからないおれと反対に、ディオが顔を覆った。その肩を慰めるように同僚たちが叩いている。

「さてと。アラズ、そのアメフラシはいかような物だ。さっきから親しげに話しているが、私には何かの魔物には見えない」

お兄さんが笑い止んでから、目に浮かぶ涙をぬぐいつつ問いかけてくる。

そこでおれは今もなお、しっかり片腕に抱えている呪いの本だったものを見せた。

「腰にぶら下がってたあいつなんですけど、何故か何故だか……追いかけてきたあれを吸い込んでこうなりました」

「どれどれ、貸せ」

お兄さんが当たり前の顔でそれを受け取った途端だ。

のたのたしていた呪いの本が、ぐぎゅうとうめいた。

『おい旦那！　握りつぶすな！』

「なに、掴みにくすぎる体を呪え」

『相棒はもっと大事に抱えてくれたってのに！　いてえいてえ！』

おれはさすがに聞きとがめ、お兄さんに慌てて告げた。

「そいつが飲み込まれたおれを、助けてくれたんですよ、優しくしてやってください」

これはお兄さんにも効いたらしい。掴んでいた手が、優しくなったのがわかった。

「それはそれは。私はこのアメフラシに礼を言わねばならないのか」

『握りながら、徐々に凍らせつつ言う台詞じゃねえな！　ああ助かった助かった』

黒みずまんじゅうは、のたのたと居心地悪そうに位置を変えつつ、目玉があるらしい箇所をお兄さんに向けた。

『見ての通りの生き物さ、旦那。旦那はアメフラシと言ったな、ならおれさまはアメフラシなるものの、形か？』

「海で見た、黒い雲を呼ぶ生き物とよく似ているぞ、お前」

優しくつかむのは大変らしい。何度も手の位置を変えているお兄さん。

そして居心地が悪くて、のたのたと蠢く黒みずまんじゅう。

見ていられなくて、おれは手を差し伸べた。

「おれの方が上手に持てますよ、おれが持ちます」

「駄目だ」

「なんで」

「アラズの胸に抱かれているのを見るのが不愉快だから、だ」

「……はあ」

お兄さんはおれにはわからない事が不愉快らしい。

おれとしても、あえてお兄さんを不愉快にするのは乗り気になれないので、しょうがないから道具袋をあさった。

そして見つけた。

「これを使ってくださいよ」

「これはいい道具だ」

お兄さんはおれの見つけたそれを受け取り、ひょいとそれの中に呪いの本だったものを放り入れた。

『なあ、おいらどうして、調理用のボウルに入れられてんだよ。っていうか相棒こんな物日常的に持ってんのかよ！』

それは何の変哲もない、木製のボウルだ。よく大量のサラダを入れておく使い方がされている奴。おれはこれでよく、捌いた内臓の血抜きをする。

フィールドであると便利な物だ。大きさと言い軽さと言い。しかしそれは今、こいつが入るのにちょうどいい。

「やれアメフラシ、あとでお前の飲み込んだ変な力を分解する、それまでこの中で不自由してくれ」

『外が視えりゃそれでいいんだけどよ。さっきの掴まれ方と比べりゃいいもんだけどよ』

「ほかに何も問題ないだろ」

おれの言葉に、やっとそいつは黙った。しかしここで、黙っていられなかったのが周囲だった。

お兄さんが爆笑した辺りで戦《おのの》いていた、そんな集団の一人が悲鳴を上げたのだ。

「隠者殿、それが呪いの何かなのは、もう十分にわかりました！　わかりましたから、それに外への影響を与えない覆いを被せてくださいませ！　皆倒れておりまする！」

おれはそこで、戦いて静かなのだと思っていた周囲が、呪いの塊を直視したために失神して、静かなのだと知った。

「おまえ……さすがに……」

『俺のせいじゃねえよう。おいらをまともに見るなんていう、命知らずをやるからだよう』

言い訳めいた事を言いだす。それを聞いてお兄さんは辺りを見回し、頷いた。

『私が持っている時点で、多少影響を減らしたというのに、この程度で倒れるとは根性のない』

「お兄さん、おれが持っているの不愉快って言ったけど、それだけじゃなかったんですね」

「アラズは影響が何もないが、他には影響がどうしても出てしまうからな。無駄に恨みを買ったりするのはよくない。私のような、呪詛《じゅそ》も凍らせるような男が持っていた方が安全というだけだ」

「お兄さんすごい」

言ってからはっとした。おれをすぐさま抱きしめたのは、もしかして。

「こいつがほかの奴らの視界に入らないように、っていう、配慮」

そうだとしたらお兄さん、色々行動が早くて本当に素晴らしい。

「何か言ったか」

ただおれの独り言のような物は、聞いていなかったらしい。

頭覆いを黒みずまんじゅうの上にかぶせて、しかし目が見えるように調整しているお兄さんの問い返しに、何でもないと首を振った。

倒れいる連中を放っておくわけにも、いかないが、お兄さんは早々に近くの人に連絡し、倒れている冒険者たちを、ギルドに回収するように手配した。

手際のよさが見事な物で、ますます感心する。

どうやら迷宮の入り口に集まっていたのは、物見高い腕利きたちだったようで、連絡を聞いてやってきた仲間たちが、担いだり背負ったりして、てんでばらばらに散らばって行った。ディオはまだいたそうだったけど、仲間に事後処理とか言われて、引きずられていった。

証言がいろいろ必要になるのだろう。あいつは目撃者なのだから。

「さて、戻ろう。羅針盤をどうする」

「羅針盤、たぶん一回はギルド預かりになるでしょう」

「よく知っているな」

「前にアリーズたちが言っていたから。勇者に経路を教える前に、発見者の羅針盤の記録を確認して、話に間違いがない事を確認するんだって。そうしたらその経路だけを転写して、勇者の羅針盤に入れるんだとか」

移動経路が記録される、携帯羅針盤は術で、特定の経路を転写できるのだ。

そして、魔王の痕跡や魔王の遺物を発見した場合、確実と判断するために、発見者のそれをギルドが預かるとも聞いていた。

「別に迷宮で、問題のある行動をとった覚えがないから、見られて怖いものはありませんがね」

大きく伸びをして、迷宮の入り口を後にする。そこで気になったのは、グレッグとケルベスの居所だ。

「あいつらは」

「先ほどギルドに向かっていた、今ごろお前の羅針盤と己らの羅針盤が同じ経路をとっているか確認しているだろう。彼等の羅針盤にも、魔王の痕跡への経路が記録されているからな」

『数増やして、道が正しいか確認ってやつですね』

そんな事を言いあう道中、もう直夜明けだった。

夜中中ずっと走っていた、と思うと途端に疲れた気がして、何て軟弱と自分を叱りたくなった。

お兄さんが平然としている分、余計に軟弱な気分だ。

誰よりも体力がなければならない盾師たるものが。

なんて思っても、一度疲れたと認識した足はのろくなり、お兄さんに置いて行かれそうになる。

その重くなった足に、お兄さんがすぐさま気付いたのだ。

「疲れたか、アラズ。あれだけ走ったのだし、お前は途中戦っていたのだろう。あんなけったいな物の相手だ、疲れて当たり前かもしれない。おいで」

道で立ち止まって手招きするお兄さん。その背中が下がり、おれに言う。

「私の背に乗りなさい。お前くらいなら、負ぶっても大した重さにはならない」

「おれがお兄さんを負ぶるんじゃなくて、おれが負ぶさるの」

なんかとても負けた気分になるのだが、お兄さんは飄々《ひょうひょう》と言った。

「このボウルを持っていなければならないから、お前を抱きかかえられないのだ。ほら。眠さで瞼が閉じそうだ」

指摘されるほど眠たげな顔らしい。

ここは素直に、甘えておこう。おれはお兄さんの背中に乗った。

しかし。

「ずいぶん……おれにゆるすんですね」

背中なんて急所だ。

頸椎に近い。

首にも、心臓にも。頭にだって。

そんな場所に乗せる事を許すなんて、すごい事だ。

ついこぼした言葉に、お兄さんが柔らかい声で答えた。

「お前は私の妹背《いもせ》だからな」

またわからない言葉だ。誰かに聞いておこう。

でも、妹背ってどっかで……。だれかがいっていたことばだ。

おれは当時その言葉がとても、とてもうらやましかったきが。

そこでお兄さんの背中という、温かくて安心する匂いの場所に体を預けたため、意識が解けた。

◇◇◇◇◇◇

「魔王の痕跡だと確定した、凡骨お前に報奨金が入ったぞ」

それから三日後、ギルドの待合室に顔を出すと、マイクおじさんに呼びかけられた。何だろう、と近寄れば、彼が受付の下をあさる。

そして何故か非常に疲れた顔をして、やっと見つけたらしい、おれに金の入った袋を渡す。

「なんか疲れてない、マイクおじさん」

その動きのいちいち鈍い事といったら、彼らしくないから気になって聞く。

何かおれでも、手伝える事ないだろうかと思ったのだ。しかし首を縦に振って、疲れたと肯定するマイクおじさんは愚痴を言い始める。

その調子からして、手助けはもういらないものだった。

「よっぴいて経路の確認に付き合わされたんだよ。こういうのは、見た事あるやつが多いほど検証が楽だからな」

聞いて聞き捨てならない事だと思ったんだが。見た事あるって、なあ？

『マイクおじさんも、魔王の痕跡見た事があるのか、ここの迷宮で？』

『ここじゃねえな。別の地域でだ。お前やあの二人組の羅針盤のなかの情報の、あれは間違いなく魔王の痕跡。勇者に提供するに問題のない経路って事で、顔を合わせたらすぐに報奨金を渡す指示が出た』

羅針盤も返す、と返されたおれの羅針盤。

変わったところはどこもない。間違いなく、傷の一つ一つまでおれの羅針盤だった。それを懐に入れていると、そうだ、と彼が声を発する。

欠伸をしながらおじさんが、で？　と身を乗り出した。

「まじかあの情報」

「あの情報って」

あの情報と言われても、どれだかさっぱりわからない。中身を聞くべきだ。

「隠者殿がお前に求愛したって話だ」

おれの言いたい事を理解してくれたようで、中身はすぐに教えてもらえた。求愛。

聞くに恥ずかしい単語だが。

されちゃったんだよなあ。

事実。

おれが、お兄さんに。

耳の中に、お兄さんの言葉が蘇る。

温かい言葉だったな。

「ああ、うん。求愛されたみたいだし、名前ももらったよ」

そんなものを、思い出すのはおれの特権でいい。

他人にべらべら喋ってたまるか。

あれはおれの、宝物になるんだ、きっとこれから。

言われてすぐは、思いもしなかった事だけれども。

何日かあの言葉を拾い上げていって、おれなりに考えて、そう結論付けたのだ。

あの言霊《ことだま》たちは、おれの宝になるであろうと。

「見た所二人とも、何も変わってなさそうなのにな」

おれを上から下まで眺めて、マイクおじさんはつまらなさそうに言った。

変わるって見た目の何が変わるんだよ。

男女の関係になったら、何か姿が変わらなきゃいけないのか。

いまいちわからん。

父さんと母さんはどうだったっけ、いけない、思い出せない。

「したされたで、いきなり変わるものじゃないんだろ。あ、でもお兄さんちょっとだけ、変わったよ」

でも、そう言えばと思い出した、お兄さんが変わった中身を言おうとしたら、マイクおじさんは首を振った。

「人ののろけ話に首を突っ込む趣味はない」

本日もギルドは、いつも通りだった。

外伝　ただひとつ残った誇りの在処

TSUIHOU SARETA YUUSHA NO TATEWA
INJA NO INU NI NARIMASHITA.

もう死ぬんだと思った。

このままここで、永遠に息をなくすんだと思っていた。

事実目の前に迫ってくる命の消失という事が、あまりにも足をすくませて、抵抗する事もできないで握る剣は、手のひらから滑り落ちそうなのだ。

神様に祈る瞬間の余裕すらないまま、その剣を見ていた。

ずいぶんと使いこなされた剣で、何処にも錆《さび》が浮いていない程度には、手入れを繰り返されているらしい、剣は、森のなかの木立《こだち》の間から差し込める光を受けて、光っている。

もう死ぬのだ。

決定事項に等しく。死ぬのだ……と思い、その運命を受け入れるという心の隙間もないまま、いっそ優しいほどの勢いで剣が振り下ろされるのを、見届けなければならなかったその。刹那。

ぐしゃん、とその剣がぺしゃんこにつぶれた。潰れると同時に、持ち主が手から叩き落された苦痛で呻《うめ》く。それは苦痛の声なのか驚愕《きょうがく》なのか、それはわからない。

何が起きたのか、何かが起きたのだろうか。

思考回路の痙攣《けいれん》するような状態で、彼は剣だけをぺしゃんこにするように、遥か頭上から着地した相手を見ていた。

相手は軽やかな声で、もしかしたら笑うのではないか、と思うくらいあっけらかんと、しなやかな音を連なりを紡いでいく。

「おい、あんたら。こんな大きな道で、人殺しなんてほっとけないな、盗賊の類か？　やめな、やめな、そんな稼ぎのない事」

ひらりと、いかにも無駄を示すように振られた細い指、だが片手に握る強大な盾。

どう見たって明らかに、そんなものを振り回すには……筋力も膂力《りょりょく》も足りなさそうな、なめらかな腕。

どう眺め回したって、全方位から見回したところで、彼より小さなその肉体！

こんな場所で無数の、殺しに慣れた盗賊相手に、説教をするような人種とは思えない見てくれだった。

相手はまだまだ言葉を続けるつもりらしい。

「それにこいつを見て見ろよ、やめとけやめとけ、儲けがない。こんなあほったれなくらいの持ち金のなさそうな装備の、旅人襲ってどうすんだよ」

まず指さされて、上から順繰りに装備を示されて彼は、己のみじめな見た目を思い出す。

確かに自分をどう売ったって、大した金にはならないのだ。今どき、人間の内臓を欲しがる闇医者すらいない。

人間の中身が一番、売れないのだ。

盗賊たちが、顔を見合わせたらしい。

その誰かは顔を盗賊たちに向けたまま言う。

「こんな、町のなかでしか生きられないような装備の男襲って、どうすんだよ。変に危険視されて近隣ギルドに懸賞金狙いで狙われて、あんたら逃げ切れる腕前か？」

舐め切った喋り方だな、と思った。

相手が自分より弱いと確信しているような、言い方はよくないと思う。

「このくそがき、言わせておけば！」

事実盗賊の一人がいきりたち、その相手に襲い掛かる。

いいや、襲い掛かろうとして失敗したのだ。

それは当たり前の動きのようで、実際には当たり前には行いようのない動きが始まって、終わった。

その相手はその盗賊に密着せんばかりに近付き、それと同時にその盗賊の首に盾の縁の鋭利な刃先があてがわれたのだ。

「あんたらじゃ、おれの相手にならねえよ、これだけでおれに殺されそうなんだから」

それはただの事実を語る声で、目に見える未来を予見する口調だった。

そうしか、なりようがないと言いたげで、声が軽やかで明るい分一層不気味で。

見ている彼も、この上から突如降ってきた相手が、何者なのか全く測れなかった。

空気が止まり、ほんのわずかに思考する時間があったらしい。

自分たちの不利を悟った盗賊たちは慌てふためいて、口々にわめいて逃げ出した。

ぼんやりとそれを見送っていると、その相手がこっちに向き直る。

お月様みたいだ。それも、一番空気が澄み切った雨上がりの、一番白い時のお月様。

そんな事を思ったのは、相手がなにもかにも真っ白けっけだったから。

やぼったく切り刻まれているような頭髪も、瞬く大きな瞳も、体を構成する肌色も、とにかく全部が白いのだ。

白くてきらきらちかちかしていて、光っている。光を受けたって光るし、暗闇でも浮かび上がるんじゃないだろうか。

それがお月様みたいだ、と思ったのだ。

『あんた頭から血がだばっだば出てるぜ？　これじゃ逃げ切れないよなぁ……』

白い恩人……結果的に助けてもらったのだから恩人だ……は、こちらの頭に、盾を背負った後に両手を伸ばして、髪を掴んで言い出した。

そんなに出血していたのか。と思えば、思考がばらついてぼけているのもわかる。

目のなかに血が入りかけているのも納得だ。

「おうい、息はあるけど意識あんのかよ。ちょっとはあるな、でも会話できるくらいじゃないんだな。わかったわかった」

恩人は言いつつ、ごそごそと劣悪《れつあく》な仕立ての道具袋を開き、袋から出てきたとは思えない清潔そうな布を傷にあてがい始めた。

「放っておくの気持ち悪いし、手当するからな。おれがやりたいだけだから、あんたは文句言わないでされてろよー」

そのまま、手当までしてくれるらしい。非常に変わりものだ。それか度を越したお人よしなのか。分からないまでも、じっとしていれば手当は始まって終わる。

始終丁寧に、優しい手つきで行われた応急処置は、本当にほっとした。

助かった事、そして手当てをしてもらっている事で気が抜けたらしい。

意識に黒い点滅が浮かんだと思ったら、ぶつりとそれからの時間の経過がわからなくなった。

次に目が開いたと意識できるようになった時、周りの環境は一変していた。

辺りは真夜中らしき藍色で、空には大小各種、星が散らばってばらまかれている。

焚火が一度行われたらしく、煙の匂いが鼻に漂った。

煮炊きもしたらしい。かすかに食べ物の香りに似たものを感じて、空腹という物が胃袋をきゅうと切なくさせた。

何日、食事をしていなかっただろうか。

なんとなく思い出そうとしたのに、全く思い出せない。

そう言えば、時間の経過も日付の経過も、いつからか意識できなくなっていた。

手持ちの食料が底を尽き、そこから何とか、街に行こうとしてそこから、日付がわからない。

(魔物から逃げて逃げて逃げて、それしか思い出せないいなぁ)

何しろ彼は初級のミッションも碌にこなせないくらい、そう言った事に縁がない生き方を続けてきたのだ。

あんな事が始まらなかったら、その人生のまま一生が終わったに違いなくて。

それで一向にかまわなかったのだけれども、判明したものがそう言う風にしてくれなかったわけだ。

(煮炊きの跡があって、時間が夜で、誰かがまだこの近くで休憩をしているよなぁ。見当たらない

かなぁ？　お礼、言わないとだめだよね）

なかなか闇に慣れない目を使いながらも、周囲を意識してようやく、自分のすぐそばで寝転がっている相手がいるのだと気付いた。

こんなに近くにいるのに、人間は気付く事もままならない。

声をかけてもいいだろうか。開いた口が一度空気を吐きだして、寝ているのに申し訳ないと閉じる。

肺に貯めていた空気を一気に吐き出してしまった時だ。

「気付いたか？　あんたかなり寝てたから、もう無駄かもしれないって思ったぜ」

顔が動いたのだと思ったらもう、相手が自分を見ていた。かけられた声は安堵《あんど》したような色で、少し泣きたくなる。心配してもらえたのが、うれしかった。

何か言おうとしたのだが、声を出すだけの力が体から、出てこない。

「ああ、何も言わなくていいからな。あんだけあばらが浮くほど、山の中をさまよっていたんだ、おまけに血も出過ぎてたし。力が入らなくって当たり前だからな、言おうと無理するなよ」

手に何かが絡まる。相手が手を伸ばして握ってくれたらしい。

「朝になったら、あんたが受け付けられる食べ物、出すからな。まだゆっくり寝ててくれよ。夜中に火を出すと、よくない獣が寄って来るんだ」

指は温かく、手のひらもほこほことぬくもりに満ちている。

ああ、いてくれるんだ。

そんな事がやっと頭にしみ込んで、その安堵感と、もうしばらく孤独でなくて済むという気持ちが、溢れてきたらしい。

思考回路がどろりと崩れて、また眠気に負けた。

ふうわふうわ、と穀物を煮込むときの、粘りのある、甘い匂いがした。

それが食べ物の香りであると気付いたその時点で、胃袋がすさまじい勢いで餓《う》える。

動く事もままならない気がした。起き上がろうとして、うまくいかなかったのだ。足掻くように手足を動かしてみるものの、起き上がるに至るほど、四肢《しし》に力が入らない。

仰向《あおむ》けに寝転がったまま、かき集めた体力で首を横に巡らせると、白い姿が小さな鍋をいじっていた。そこから匂いは漂うらしい。

「ちゃんと目が覚めたな、今度は！」

目が合った事がうれしいと言いたげに、白は満面の笑みを浮かべた。

そして鍋の中身を手の甲に少し匙で乗せ、よし、と言う。

「あんたが簡単に飲み下せる温度まで、やっと下がった。あんた体起こせるか？」

言いながらこちらを見る目、足掻いて無理だった様子を察したんだろう。鍋を脇に置き、寝たまの体を木に寄りかからせた。

どう考えても、とても甲斐甲斐《かいがい》しい。

「いくぞー」

そして何のためらいもなく、自分の口に鍋の中身を突っ込み、思い切りよく顔が寄った。

唇が重なったと思う。顎が開くと、口の中に本当に、何日ぶりか思い出せない、人間の食べ物の味がした。それも、溶けるほど煮込まれている。手間がかかったんだろう。

長い間煮込むのにだって、薪《まき》をたくさん使う。そんな事までしてくれるなんて。

「よし、吐き出さない。……でもこれ以上固形だと吐くな」

申し訳ないのに、相手の観察によれば、それくらいしか体が受け付けないらしい。

何度も何度も、口の中に流し込まれて、腹が満ちたと思えば、また意識が弱くなった。

これほど優しい事をしてくれた相手は、人生で一回も出会った事が無い。

眠気で目を閉じかけると、穏やかな声が耳に流れ込んできた。

「あんたかなり弱ってんだ、何もできない自分を、嫌になったりはしないでくれよ」

(なんなんだろう)

この相手は、ひじりなんだろうか。

遠く異国の物語で聞いた事があった、優しくて慈悲《じひ》深い存在と、この優しい形が重なる気がして、また暗く世界が染まった。

目を覚ます、口の中に食べ物を突っ込まれる、眠る。

起きる、食べ物を煮込む壺《つぼ》を眺め、相手の姿を見る、眠る。起きたら口に物を入れられる。

そんな生活を数日続けると、ようやく手足に力が戻ってくるようになった。

そうなるとある程度は、自分の力でやらなければ、と言う気分になると言う物だ。

しかし立ち上がろうとすると、重心が狂ったように、ぐらあ、と体が傾き、体勢を立て直そうとするも足が滑って、盛大に地面に転がる。

変にぶつけたらしく、痛みがじわじわと広がる。

出血はしていないらしい。血がにじむ気はしなかった。

こんな事は、あの相手がいないからできるのだ。

いたら受け止められて、情けない気分が一層強くなっただろう。

「ああ、だめだって。そんな足でさ。ちょっと目を離したらこれって何なんだよ」

藪がかき分けられる音がした。戻ってきてしまった。寝ていた場所に這《は》いずって戻る前に、あの輝く白が現れる。

相手は食べ物探す、と言って少しだけ、この野営地を離れていた、その視線が、転がって涙をこらえる怪我人を見て、不思議そうになる。

「何してんだよ、まさか立とうとしたのか？」

「……」

図星だった事にくわえて、何してんだよ、と困った顔をされたのもあり、頷く事もできなかった。

それでも相手は、こっちが何をしたのか、わかってしまったらしい。

「そんな状態の足で、立とうって思うんじゃねえよ。本当に一生立てなくなるぞ」

脅すにしては、軽かった。だが冗談とはまるで違う色の乗った声だった。

この声は本当の事しか、言っていない。

それでも。

「なん、で？」

立てない、動けない、何でも世話を焼かれる自分へのいら立ちから、声が出てくる。

それはどう聞いても苛立《いらだ》った音の声だというのに、嬉しそうに笑われた。

笑うなよ、と言いたくなるのを、そのしんそこ嬉しそうな顔が止めてしまう。

この相手は、こんなやつあたりを、うれしいと思っているみたいなのだ。

笑顔で近付かれて、しゃがまれる。顔を覗《のぞ》き込まれて、相手の瞳を見る事になる。口が開かれた。

意外と犬歯が鋭い。牙に近い。

その口から、満足そうな声が流れ出してくる。

「なんだ、話ができるくらいまで、体力戻ったのか！　それならすぐに立てるようになれるから、もうちょっとだけ辛抱してくれよ。魔法とかからっきしだから、おれだけで治すとどうしても長い時間かけちまって、申し訳ないんだけどさ」

「ひと、たよらない、どうして？」

「おれさぁ、今まで人里ってところに降りた事滅多にないんだ。だから他人との会話がどへたくそ。それにあんたを背負って人里を探して歩き回るのも、あんたの具合を悪くさせるし、もしその人里に、治療の心得があるやつがいなかったら？　それであんたの具合が悪化したら？　そう考えたらだめだな、今は人を頼るために動けない」

人里に滅多に降りないなんていうのは、どう聞いてみても変わり者だ。こっちより絶対に若いのに、世を棄てたとも思えない顔をしているのに、どうしてだろう。

疑問に答える調子ではなくて、先ほどの続きのように、相手が騒ぐ。

「だーから師匠になんっかいも、村行きましょうって言ったのにあのおひと！　やれ面倒だ、やれ怖がられるだ、言いたい放題しまくって！　おかげでおれが！　集団行動できない」

わーっという相手はそこで思い出した顔になる。

「そうだ何にも話してないな、おれは盾師」

「名前は？」

「ない！　もってない、これからもできる予定はない！　好きに呼べよ、馬鹿でもわかる呼びかけで」

「不便じゃ、ない？」

「今のところは特にそう思わないな。名前呼ぶ知り合いいないし」

寂しい人生を過ごしているのだろうか、と思うくらいの内容だ。だが当人はあっけらかんとした、何も気にしていない顔のまんまである。

「たてし」

他に呼び名が思いつかなかったから、丸い音で読んでみた。盾師、といかつい音ではなく、もっと丸くて優しい音で、呼びかけてみた。

するとと盾師は、満足そうな顔で頷いた。

「やっぱり他人に呼んでもらえるっていいな。少なくとも返答がある」

「師匠と話は」

「質問が癇に障ったら、その場で吊るされる」

過激すぎじゃないか、その師匠。

しかし……出会ったあの時を思い出すに、あれだけの技術をこの若い相手に教えたのだ、腕はかなりの人だったのだろう。

気になるけれども、会いたいとは思わない相手だった。

◇◇◇◇◇◇

それから動けるようになると、盾師は野営地を引き払った。

「誤魔化しまくったって、定住まがいの事をすれば、獣に気付かれる。獣ならいいけど、縄張り意識の強い魔物の機嫌なんて損ねたら、今は勝てない」

野営地を、元野営地になるように、痕跡を消した盾師が言う。

それをただ立ってみているしかないのは、ちょっと情けない気分にさせられた。

「そうだ、あんたの名前は聞いてなかったっけ、偽物でもいいから教えてくれるか?」

「偽物でいいの」

「呼びかけるのに不便しなかったら、本物だろうが偽物だろうが、関係ないだろ」

「変な考え方してるな。僕はアリーズ。ただのアリーズ」

「格好いい名前じゃないか。……よしっ。行こうぜアリーズ。おれはこれからの事、何にも考えてないんだ。とりあえずあんたどこ目指してたんだ? 話は聞くぜ」

「アシュレっていう街。たくさんのフィールドに接している、珍しい街だ」

人里に降りなくても、街の名前とある程度の位置は把握していたらしい。盾師の眉が寄せられた。

「ここから結構遠いんじゃねえの？　アリーズそんな場所目指すのなんでだ？」

この質問は、盾師にしてみれば当たり前だったに違いない。アリーズは少々ためらい、言った。

「僕が勇者だから、帝都の神殿の神官様たちに、そこに行くように言われた」

「勇者ってあんたが？　……おい、なんでそんな御大層な奴が、あんな盗賊に殺されかかってんだ？　仲間と一緒じゃないのか？　吟遊詩人《ぎんゆう》とか、勇気ある仲間と旅に出たって歌うだろ？」

「仲間と一緒に旅立つ勇者っていうのは、歌物語だけなんだって神官様が言っていた。勇者だって冒険者だから、到着した街で仲間を集めて、迷宮に挑むんだって」

「……」

盾師はアリーズを見回す。何度も見てきた相手を見て、納得がいかない調子で言う。

「戦えないだろ、アリーズ。少なくとも、その腰の長い剣を振り回すのは得意じゃなさそうだ」

割と細身の体と、筋力のなさそうな腕と、体力のなさそうな空気を持っているのは、本人も認める事ではあった。だが言い分があるのだ。

「勇者だから、格好のつく剣を持っていなさいって言われて、持っているんだ。本当はこっちの方が上手なんだけど」

アリーズは腰の剣を撫でた後、ぼろぼろの手甲から、一風変わった刃物を取り出す。

「おいおい」

盾師が、さすがに呆れたという声で言う。

「黒曜石の短剣って……それが得意でどうするんだ」

黒曜石を尖らせて、柄に色の鮮やかな布を巻いたかなり小型の刃物だ。

見た相手が突っ込むのは、仕方がない。誰だって突っ込むだろう。

大型の魔物が暮らす世界に、そんな頼りなげな刃物で旅立つなんて。

「これなら、結構倒せるんだ、魔物とか。でも勇者は人間相手に刃物をふるってはなりません、勇者なのですからって神官様たちに、言われて」

視線があまりにも呆れていたから、段々言い訳がましくなっていく。

長い剣なんて別に、欲しくもないし持ちたくもなかった。リーチがわからない。

「神官っていう職業も、頭固いな。盗賊相手に戦っちゃいけませんとか、それはほかに戦ってくれる仲間がいる時だって、難しいだろ」

「……仲間」

アリーズはぽつりと呟いた。

「誰か仲間が一緒に旅立つって思ってたのかもしれない、神官様たちは」

「さっきの話と矛盾してないか。街で仲間集めろって言われたんだろ」

「うん。……でもほかにも、目的地まで隊商とかといっしょに行くとか思われたかもしれないし。

一人っきりで出て行くって思われなかっただけかも」

「お前お人よしすぎないか……おれお前の幸先すっげえ心配になってきたわ」

アリーズが考えながら言うのを見、盾師が難しい顔で言う。

それから何か思いつき、笑った。

「ようし」

「ん？」

「アリーズ、お前に決めた。〝盾師はお前を守ると決めた〟！」

その言葉が、恐ろしいほど重い誓約に聞えたのは、気のせいではないだろうか。

アリーズは、楽しそうに笑う相手の声を聞いている。

「勇者の盾なんて、けっこう面白そうな生き方だろ。お前が気張るとかじゃなくて、まあ、こう考えてくれると助かる」

盾師はアリーズの顔を覗き込み、にやっとした顔を一転させた。

「〝その背中を守り通そう。〟〝『お前』をいかなる困難の中でも救おう。〟」

凄みすら感じる、アリーズに向けるには重たすぎるような誓いだった。

アリーズは、そうしてもらうほどの価値が、自分にあるとは思えなかった。

「じゃあ……」

「おう」

「アリーズは何を盾師に返せばいい？」

こんな、訳のわからない相手は出会った事が無かったけれども。

出会い頭に命を救い、動けるようになるまで面倒を見て、これから先も守ってやるなんていう、頭の悪い……変人に、何を返せばつり合いがとれるのか、わからなかったのだ。

「僕だけもらうのはだめだと、思う。もらってばかりじゃ僕がだめになる」

「んー」

盾師は思ってもみなかったらしい。こんな騙されやすそうなやつで、よく生きているものだ。

これじゃあ、出会ったのが自分でなくて、悪い奴だったら、利用したいだけ利用されて、使えなくなったら棄てられる運命に違いない。

「おれを信じてくれよ。おれっていうやり方とか生き方とかをさ。で、集団行動と社会生活教えてくれたら万々歳」

「そんだけ？」

「いや、でかいだろ、これ」

「……君あほだね……」

「言えてるぜ、それ」

そうしてアリーズと盾師は、行く先であるアシュレを目指す事にした。

◇◇◇◇◇

山の中を数日歩き回っていた時だった。アリーズは空を眺め、あ、と声を出した。

「たてし。もうそろそろ、このあたりを歩くのはやめよう」

「は？」

「この近くの道で、山賊が暴れまわっているんだ。数が結構多いみたいで、隊商の護衛が戦っているんだってさ。ちょうどいいから、手助けして、荷車のどこかに乗せてもらおうよ」

「……そんなのわかるのか？　お前一体どこを見た」

「あっちの方から、そう言うの教えてもらったんだ」

アリーズは、山賊と隊商が争っている方角の天を指さす。

「早く行こうよ。たてしだって、僕じゃない誰かとおしゃべりするの大事だと思う」

「おーわかった」

盾師がそのまま方向を変え、アリーズのいった方に向かいだす。それが本人には新鮮だった。

「信じるんだ」

「信じない理由がないだろ。なんでここでお前がおれをだまさなきゃならん」

戦ってるなら走って急ぐぞ、と盾師がいい、目を凝らす。アリーズはその背中に声をかけた。

「ちょっとだけ待って、すぐだから」

「おう」

その背中に感謝しながら、アリーズは黒曜石の刃物を取り出す。

それに両手を重ね、頭《こうべ》を垂れる。

「僕を解放するよ」

小さな声が、誰かしら、何者か、に告げたその後、顔が上がる。

「終わった、行こう。もうたてしが走ってもついていけるからさ」

「準備終わったんだな、じゃあ走るぜ！」

彼の言葉に盾師が頷き、そして先導して奔りだす。藪と森、道のない場所を駆け抜ける事に特化したらしい盾師の速度は、ただの冒険者では追いつけそうにない。

障害物は山のようにあると言うのに、それらをあまりにも滑らかに避けていく。

そのため、追いつけなければ見失ってしまうはずだ。それくらい、いろんな意味で速い。

しかし片手に、前時代的な刃物を持ったアリーズは、見失わない。

山を無茶苦茶な方法で降りていく二人には、悲鳴や怒号《どごう》が聞こえて来ていた。

「とりあえず山賊ぶちのめしておこうぜ」

「背中は頼んだから」

盾師の言葉に返すと、盾師は上機嫌な笑い方で言う。

「当り前さ！」

そのまま二人は、隊商の護衛が劣勢になっている現場に、飛び込んだ。

「お前はとりあえず戦っておけ、補佐やってやっから！」

盾師に合わせるべきか、と瞬間だけ迷った勇者に、投げられる頼もしい言葉。それのおかげで、方向性が決まる。アリーズは握る刃物をひらめかせた。

そしてそれは、隊商の護衛を殺そうと振り下ろされた斧を、切り落とす。

勢いを失いかけた頭部を蹴飛ばすと、それは斧の持ち主に叩き込まれた。

刃の部分が当たらなかった事が幸いだったが、男は吐瀉物《としゃぶつ》をまき散らして倒れる。

アリーズの動きは止まらない。大ぶりの剣が、青龍刀が、その手の中の小さな黒い刃によって、無力化されていく。

無力化と同時に、重量級の盾が山賊たちを打ちのめし、戦闘不能者を増やしていく。

「てめぇら、なんだ！」

泡を吹いて怒鳴ったのは、おそらく山賊のお頭だろう男だった。

一番筋肉があって、力関係がよく分かる姿をしている。アリーズはその誰何《すいか》に答える。

「勇者と盾師、かな？」

「はぁ⁉　ふざけんじゃねぇ！　勇者ってのは立派な聖剣を持って、聖鎧をまとう奴だろう！　お前みたいなぼろ雑巾みたいな見た目の」


すぱん。


お頭の怒鳴り声を無視する事にして、アリーズは刃物をふるった。それは本当に簡単そうに、お頭の武器を手元から切り落とす。

いきなり、重い刃物が無くなった事で体勢が崩れたその男に、アリーズは足払いをかけて、完全に転がした。

「人殺しって嫌いなんだ。もうしませんって言ってくれるよね？」

「まあ、好きな奴はいないだろ？」

茶化すような盾師の言葉に、アリーズは真面目に答える。

「非道な人の中には、殺すの大好きっていう、理解できない精神の相手もいるそうだけどさ。僕はそうじゃないから」

「まあ、おれも好きじゃねえな。何が楽しくて食べれもしない相手の息の根留めなきゃならないんだか」

銀より輝く白い瞳と、暖かい海のような青い瞳が、山賊御一行を眺める。

実力は歴然としていた。間違いなく、殺せるのに殺されていないのだと理解させられてしまう、実力者が二人そこにいた。

「て、撤退……」

ずらかるぞ、とお頭は言おうとした。配下たちは苦痛に呻くものの、命は取られていなかった。

戦意と呼べるものを完全に失っていたが、逃げ出せるはずだった。

だと言うのに、白いちびがそのお頭の襟首《えりくび》を掴む。

「勇者様が、もう山賊行為をしないでくれって言ってるんだぜ」

白いちびは不思議そうに聞いていく。

「なのに逃げ出すだけか？　もうやらないって、言葉でも言えないのか？」

細い体だ、弱そうな見た目だ、だが剛力《ごうりき》は計り知れず、山賊のお頭は未知との遭遇にひいひいと悲鳴を上げ、もつれる舌でこう言った。

「も、もうしない、しま、しません……いのちばかりは、はいかのいのちばかりは」

「大丈夫。しないっていうなら、僕らはこれ以上何もしないから」

アリーズは柔らかに微笑み、山賊のお頭に約束した。

そして隊商の方を振り返る。

「あ、逃げられた」

「まじかよアリーズ、荷車に乗せてもらおうと思ってたのにな」

「逃げるにはちょうどいい乱入の仕方だったからね、しょうがないさ。次、次」

目的であった隊商の荷車も護衛も、とっくに全部逃げ出してしまっていた。

残念だと思いつつ、アリーズはお頭の方を見た。

「砂漠に行く道はどっち？」

「あ、あっちだ……」

流石にここで嘘を言う根性ないだろう。お頭は震える指で道を指さし、聞く。

「本当に何もしないでくれるのか」

「あなたたちが、しないならね」

盾師がここで、山賊から手を離す。

大きな盾を軽く振って、背中に背負いなおし、道を眺めながら言う。

「早く行こうぜ、今日中に集落に着くとありがたい。このあたり水源なさそうだ、野宿に向かない」

「わかった。それでは、再会しない事を祈って」

アリーズは額と両目、鼻、最後に親指で唇に触れる印を結び、盾師の後を追いかけた。

◇◇◇◇◇◇

「さっきの何だ？　おでこと目と鼻と口に、親指あてるの」

「これ？　聖印っていう挨拶みたいなもの。略式になると、心臓に右手を当てて頭を下げる形になるんだけど、こっちが正式なんだ」

「だめだ、今の時点でわからない」

「前に教えてもらったんだ。相手に礼儀正しく挨拶をするときは、こういう風にしなさいって。でもたてしはやめておいた方がいいと思う」

「なんで？」

「これ、結構細かい作法があるから。たてしずぼらな所あるし、無礼になってしまうかもしれないでしょう」

「そうだな、形が似てりゃいいってもんじゃないだろうしな、その聖印ってやつ」

山賊に教えてもらった道を歩きながらのやり取りは、明るい。先ほどまで戦っていたとは思えない軽い調子だ。

盾師の軽い調子のおかげで、アリーズも落ち着いていられた。

先ほどまで漂っていた、血の匂いは気持ちが悪くてたまらなかったのだ。

街で育ち、流血沙汰をあまり見なかった生活が、ここに影響していた。

「盾師、あれは煮炊きの煙だよ、村とかが近いと思う」

アリーズはその気持ち悪さを拭うべく、夕刻に煙が立ち上る方を指さした。

「おお、やったな。せめて厩でいいから、屋根のある所借りたいぜ」

「厩《うまや》でいいの」

「おれの今までの生活で、屋根があるほうが貴重」

真顔で言う盾師の言葉は、やっぱり大変な経験ばかりしてきたようにしか感じ取れなかった。

「それって過酷過ぎない？」

「んー」

盾師は難しい顔をした。考え込むところなの、と思わず突っ込みを入れそうになるアリーズであるが、前方から誰か来る気配を感じた。

それは考え出した盾師も同じだったようで、道の真ん中から脇にずれる。

「馬とか四足歩行の獣の足だな、蹄の音だ」

「そんなの聞えるの」

「肉球ついてるやつと蹄ついてるやつの違いくらいはわかる。というかお前の方は、おれの聞えなかった山賊のあれそれは聞こえて、これは聞こえないのか」

「だって聞いてないし」

問いかけていないのだから、聞こえるわけもないだろうと返事をしたアリーズに、盾師は余計に妙な顔をする。

「アリーズちょっと、おれと認識がすごい違うの気付かないか」

「大体の相手は僕と認識が違うから、今更だと思うけど」

「聞かせてもらうからな！　それきっとおれたちにとって大事！」

びしっと指を突きつけて、宣言する盾師は子供っぽかった。可愛い。

つい手を伸ばして頭を撫でてしまう。それも、犬猫にやるようなぐりんぐりんという状態のあれだ。

「なんだよ」

「可愛い、たてしは可愛い」

「はあ。おれちびとかぼろ雑巾とか言われるのは慣れてんだけど」

「たてしはきらきらしてるし、可愛いと思うのに」

「こんなでかぶつ背負って？」

背負う盾を示して、盾師は肩をすくめた。

「お前と可愛いの感覚違いそうだ」

「別にそれで問題がなければ、このままでいいと思う」

それ以上に、気になる事があった。

「たてし、何日頭洗ってないの」

「……わすれた」

あ、これ常識がないとか、そう言う物の前に、人間の生活してきてないかもしれない。

アリーズは、冒険者として教える事の前に、もっとたくさん教える事があると知ってしまった。

この盾師は……実力は申し分ないと思うけれども、たぶんその師匠が、人間らしい暮らしをさせてこなかったのだ。さっきから聞いていて、荒野ならまだましな世界で生きてきたような事を感じさせる。

おそらく集団生活とか人間的生活とか、そう言った、小さな村で暮らしていたって身につく根本的な部分が、抜け落ちている可能性が極めて高い。

「どこかに定住してた事ある？」

まさか放浪の民だったんじゃないだろうな、とアリーズは思う。

放浪の民だってもっと身ぎれいにするもの。

「あー……」

盾師はなんとも言えない声を出すと、思い出すように手を額に当てた。

「家族と暮らしてた頃は。でもこんなちびの時だから……」

盾師はアリーズより、頭一つくらいは小さい背丈で、何と自分の腰より下を示した。

それって……幼児と呼ばれる年齢ではないだろうか。

そのくらいで、親と死別する子供は少なくない、少なくないけれども。

「定住してた記憶っていうのはあんまりない。親の言葉とかは思い出せるけどな」

決定。

これはある意味で絶望的なくらい、普通の生活を知らない生き物だ。

つくづく、自分を拾ったのはこの盾師にとって幸いだろう。

少なくとも、命の恩人に協力する事は、惜しまないつもりだ。

「……たてしは僕を拾って本当に良かったと思う。人として一般的な事は、教えられると思うから」

「頼りにしてるぜ、勇者様！」

陽気に肩を組む盾師は、姿が見えるほど近くなった馬を見て言う。

「なんか誰か探してるふうな奴らが乗ってるな」

馬上の人々は、目を皿のようにして探し物をし、彼等の前で止まった。

「旅のかた、一つ聞いてもいいだろうか」

「答えられる事だといいんですが」

道中で、山賊騒動以外に、変わった事に出くわしていない。

他の事を聞かれたら、答えられないとアリーズは思いつつ、相手の反応を待った。

「私たちは、この先の街に派遣されてきた騎士なのだが……ここを通った隊商が、山賊どもに襲われたと聞いたのだ。命からがら逃げだしたとの事だったんだが……」

「あんな弱い護衛連れてたら、命からがらになろうってものだな」

「たてし！」

空気を読まずに口を開いた盾師である。アリーズは慌てて、その口を押えた。

力は盾師の方が上回って余りあるだろうが、体格的に押さえ込めば、まだアリーズでも抑えられた。

それに心底感謝しつつ、アリーズはあいまいな顔で言う。

「すみません、僕らもその山賊にさっき出くわして」

もがもがと何か言っている盾師であるが、アリーズは耳元で言う。

「相手の話を最後まで聞いてから、喋ってよ……、後々困るんだから」

「ほう、よく助かったな。……いや、今そこの子供は、弱い護衛と言っていたな？　隊商が襲われるのを見ていたのか？」

アリーズはどう誤魔化そうか考えた。山賊たちが、自分の名乗りを聞いても真実だと思わなかったように、この騎士たちもアリーズが勇者だとは信じないだろう。

盾師がとんでもない実力の盾師だと、思う事はもっとない。

「さっき叩きのめしたんだよ。もうそう言う事しませんって約束させた」

「あ、いつの間に！」

誤魔化し方を考えていたアリーズとは対照的に、何が問題なんだと言わんばかりの声で、盾師が言う。騎士たちが怪しい物を見る目に変わっていった。

「お前のような子供が、中段よりも高い階級の冒険者を超えているはずがない。おかしな事を言うな。お前たちも山賊の仲間なのか？」

すっと剣が抜き放たれて、二人につきつけられる。

ここをどう切り抜けよう、と内心慌てふためいた。

しかしその剣を眺めた盾師は、鼻を鳴らした。

「こっちの真実をあんたたちが真実だと思わないのが勝手だ。それに怪しい事を言う、だから仲間、なんて短絡的な考え方をするのも勝手だ。行こうぜアリーズ、付き合ってらんね」

アリーズの拘束から逃れた盾師が、そのまま手を引っ張って歩きだす。集落の方を目指すらしい。

「まて。お前たちが山賊の事を叩きのめしたならば、まだこのあたりにいるはずだ、案内しろ」

生意気な態度に青筋を浮かべながら言う騎士に、アリーズは困った顔を浮かべた。

「すみません……何もしないと約束をしたので」

「は？」

「こちらは何もしない。相手も何もしない。だから、あなた方に場所を教えるのも、約束を破る事なんです、お許しください」

騎士たちは一層二人を不気味な者を見た目で見つめ、言う。

「この先の街で、邪悪な行為をした場合、切り捨てるからな」

「邪悪な行為はしないつもりですので、安心をしてください」

騎士たちはそのまま、山賊を探しに進んでいく。それを見送って、アリーズは盾師の耳を思い切り引っ張った。

「騎士っていう職に、質問以外の事を答えるとすごく面倒な事になるんだよ！　覚えて！　これからも揉め事起こしたくないなら！」

思い切りよく引っ張ったため、盾師は痛い痛いと騒ぐ。

だがアリーズも折れず、盾師が喚くように言った。

「わかった、余計な事言わない、いわない！　手を離せアリーズ！」

「あの騎士たちが、場合によっては無礼って事で、僕らを切り捨てる事もあったんだからね」

「騎士って何なの」

「王様とか、神殿とか、そう言うところで実力を認めてもらって、騎士になりますって誓いを立てるの。すごく簡単に言うとね」

「ふうん」

「職っていう物をどれくらい知ってる？」

「職業判断の神殿で、見てもらうものだろう？　それで見えた職は、到達者……高みに至るものになりやすいっていう」

「おおむねあってる。騎士はその例外なんだ」

「例外？」

「さっき言ったでしょう、騎士になりますって誓いを立てるって。それは神殿で見てもらった職が何であっても関係ないの。戦いとかいろんなもので実力を認めてもらって、騎士として認めてもらうわけだから」

「へえー」

盾師はそこまで問題視していないらしい。アリーズはここで騒いでも疲れるだけだと感じ、提案する。

「早く集落に行こう。やっぱりそれが一番だ」

「おう」

◇◇◇◇◇◇

そこから幾つもの集落を渡り、ようやくアシュレは目の前である。

アリーズはどんどん気温が高くなるにつれて、疲れてきた。それは帝国の気温が、砂漠地帯に接するアシュレを大きく下回るからだろう。

ぐったりするアリーズは、また盾師に面倒を見てもらう回数が増えた。

「ごめん」

「気にするなよ。人間、気温の差が激しいとそれだけでかなり消耗するだろ？　おれくらい頑丈ってのもあんまりないだろうし、アリーズ普通だ」

「お願いすればもうちょっと楽なんだけど……」

「お願いって誰にだよ」

「友達」

「……？」

盾師は怪訝な顔をする。友達なんて周りにいないように見えるせいだろう。アシュレを目指す中で、アリーズと親しく声を掛け合う奴を、見ていないのも事実のはずだ。

「……僕さ」

いいや、秘密でも何でもないし、と思いつつ、アリーズは言う。

「周りにお願いができるんだ。僕の周りだけ涼しくして、とか。雨降ってほしいとか、山をあっちに動かしてくれないかな、とか」

「おいおいおいおいおいおいおい」

盾師が突っ込む。ぐったりして倒れているアリーズは、まだ言葉を続けた。

「それを僕はひとまとめに、友達って思ってる。友達も僕にお願いするんだよ？　一緒にご飯を出してほしいとか、川の変なごみを拾ってほしいとか、山の周りで妙な煙を燃やさないでほしいとか、お酒の酌をしてほしいとか」

「なあ、だからお前道道で、飯の器いくつか増やしてよそったり、荒れ狂う河ん中飛び込んでぼろ剣引っこ抜いて着たり、酒の蒸留所にやめてほしいってお願いしたりしてたのか」

「最後のは、山の方が動けば解決みたいな乗りだったから、動かすともめないと思うよ？　って言ったんだけどさ」

「それって勇者の特別な力なのか？」

「うーん、きっとそうだよ。勇者って特別な力を持っているから、魔王の遺物を発見できるんだし」

　ごろっと寝返りを打つアリーズである。

「確かにお前の話聞いてると、勇者って真面目に特別な耳持ってんだな、とは思うな。アリーズそれで苦労してないか」

「お天気が当たるとか、作物の出来具合が分かるとか、魔物の隆盛《りゅうせい》が分かるとか、街では結構気持ち悪がられてた。しょうがないよね、皆聞えないんだもの。後さぁ」

「……」

「僕戦う前に、変な事言うでしょ？　あれは、すごく戦うのが得意な友達に、技術とか借りる前のお願いなんだ。僕を解放するから、中に入って一緒に戦ってほしいっていう」

　そしてその回数が増えるほど、アリーズ自身の経験も上がる。中に友達がいなくても、戦えるようになる。

そうなるまでの筋肉痛などは、かなりの物なのだが、そんなものは大した事じゃない。

だがこれは、気持ち悪がられそうな話だと、知っていた。

だと言うのに、こんな話を聞いていても、盾師はちっとも気味悪がらない。

気配も何もかもが、そうだと知らせてくれる。

盾師はそう言う目で見ない。

「お前、おれより大変そうな生き方だわ」

ほら、こんな事まで言ってくれるのだ。

それがアリーズにはうれしくて、安心からか眠くなってくる。

「でも、勇者だもの、しょうがないよね……」

家族でさえ、気味の悪い子供だと言う扱いだった。両親も何人もいる兄弟も、アリーズを遠巻きにしていた。食べ物はもらったけれども、食べる場所を同じにしてはもらえなかった。

それでも、もらえるので十分恵まれていると、アリーズは知っていた。

貧民街のいじめっ子たちは、貰えていなかったのだから。

「……アリーズ」

盾師の声が聞こえる。

「お前やっぱり、すげえすごいわ。お前の盾師っていうの目に狂いなさそうでよかった」

「……うん」

「寝てろ、涼しくなったら出発だ」

頼もしい盾師の声で、アリーズは目を閉じた。

「やあ」

アリーズは目を開けた。そこではゆったりした見覚えのない恰好の友達が座っている。場所はよくわからない。ぼんやり見ると見えるが、しっかり見ようとすれば途端にぼやけておぼろげになる。

友達の姿が見える時はいつだってそうなので、アリーズは大して驚かない。

新しい友達の一人だな、と警戒心なく近付いて、前に座る。

「初めまして、友達」

「初対面でも何の問題なく、友達と言ってくれる君が好きだよ、荒巣」

「？　君は変なイントネーションで僕を呼ぶね、そう言うところの生まれかな」

「はっはっは！」

緩い装束、日差しを遮る布をまとう友達は、杯を進めてくる。

「もうじきわらわの声が聞こえる所に着く、その前に挨拶をしようと思って」

「あ、友達から食べ物や飲み物は受け取っちゃいけないよって、別の友達に言われてるの、ごめん」

「その黒曜石の友達かな？」

「うん、一番初めに友達になった友達」

「おい、ありーずに変な事吹き込むんじゃねえぞ」

背後から声が響き、肩を掴まれる。顎に乗る固い感触は冷たくて、とても慣れ親しんだ友達だ。

「こいつは疲れてんだよ。こいつの頭に割り込むな」

「先んじて酒を酌み交わそうと思っただけだ」

「ざけんな」

「ああ、新しい友達、黒曜の友達が怒るとすごく大変だと思うから、あんまり怒らせないほうがいいよ」

「わかったわかった。しかし荒巣、暑そうだ」

「うん、あっつい」

「じゃあ先に贈らせてもらおう。砂漠への耐熱性だ」

大ぶりの杯から手を離す友達。沙漠の友達らしく、アリーズの手を取って手のひらに唇を当てた。

「ほうら、これで沙漠で変に死ねないな」

背後の黒曜石の友達が鼻を鳴らす。怒ってはいないらしい。

「そうだ、一緒の盾師を大事にしなさい。あれは幸運の塊だ」

「もうそんな事知ってる」

「はっはっは、そうかそうか」

ぱちん。そこで何かの回路が切れたように何も見えなくなり、聞こえなくなった。

◇◇◇◇◇

「アリーズ、起きろ、涼しくなったから移動するぞ、街は目の前だしさ」

揺さぶって起こしてくる盾師はいつも通りで、アリーズは問いかけた。

「さっき誰かに会わなかった？」

「ん？　お前の友達おれの眼に見えないからわからない」

馬鹿にするでもなく、嫌悪するでもなく、事実を事実として言うだけの盾師。

大好きだな、とアリーズはしがみつく。

「わっ、どうしたアリーズ」

「大好き、僕のたてしさま」

「勇者様が盾師に様とかつけるなよ、照れくさい」

それでも腕が回って、ぎゅっとそれなりの力で抱き返してくれる。アリーズは幸せで笑った。

「だってたてしさまって、時々言いたくなるんだもの」

「あっそ」

体を離し、二人は立ち上がり歩き出す。巨大と言っていい街、アシュレの北門は休憩するオアシスと一直線の道でつながっていた。

「魔物除けの石畳なんだ、これ」

「ただの石じゃなくて？」

「主要街道って言われている道は、皆それでできてるんだ。脇道とかはそうじゃないから、魔物との遭遇率がすごく高い。この石は、踏むと魔物の嫌いな波長が出るから、歩いてる限り魔物が近付きたくないんだって、友達が教えてくれた」

「お前の友達ほんと物知り多いよな」

「こわい？」

アリーズは見つめる。盾師は首を振った。

「物知りで助かる。お前も物知りだし」

「あははは」

そこまで物知りではないと知っていたアリーズは、声をあげて笑った。

北門に入る際、大した事は聞かれなかった。

「入る場所を制限してるのに、入る時に聞かれたりしないんだな」

「このアシュレ自体が大掛かりな術をかけているみたいだから、危ないのは弾かれるんじゃないかな」

アリーズは、そこかしこで感じる術の波動に目を細くした。

「すっごい濃密な術がかかってる」

「お前感度いいなあ、ちょっとうらやましいかも」

「たてしの野生の勘の方が便利だって」

言いつつ、二人はギルドへの道を聞く。

「ギルドどっちかな。新しく入ろうと思って」

「アリーズ、その聞き方じゃだめだろ」

「ん？」

「なあ、このあたりで一番まっとうな神経の冒険者ギルドはどこだ？」

「ああ、三頂点のギルドだね。そこからすぐだよ」

「ありがとう」

商店のおばさんは快く教えてくれて、アリーズは盾師に問う。

「何でああいう風に聞いたの」

「ここ、ギルドがいくつかあるみたいだったからな。ふざけた中身のギルドがあるかもしれないだろ、ならまっとうと認められているところ目指すのが一番」

「たてし常識ないのにそう言うところ気が回るよね」

「お前守るのに必要そうだから」

そうして言われた道を進み、こぎれいな建物に到着する。確かに冒険者ギルドの様で色々な装備の人が出入りしている。

「すみません、新しい登録をしたいんですが」

「こりゃまたずいぶん、おかしな二人組だな」

「なんだよ」

禿頭《はげあたま》の男は二人を見て、呆《あき》れた顔になる。

喧嘩か、と盾師が前に出るが、受付の男は続けた。

「どっちも装備がやばい。どこの街から来たんだ？　そんな貧相な身なりで」

「ここから」

アリーズが地図を指し示す。男はぎょっとした顔になって、二人を交互に見た。

「おい、おい⁉　ここからその装備でどうやって今まで生きてきたんだ⁉」

「変か？」

盾師が怪訝そうな顔になる。アリーズも同じで、どうやら二人してやらかしたらしい。

「へんって、変しかないだろ！　ここから街道はいったん途切れるんだぞ⁉　魔物ひしめく荒野だの森だのを突っ切らなきゃ進めない」

「あー」

アリーズはなんとも言えない声になる。確かに道はなかったけれども、行きたい所を友達が先導して教えてくれたのだ。

そして方角だけ知っていれば、大体どんな山も越えられる盾師と一緒だったため、時間はかかったものの不自由は感じなかった。

「こいつ方角知ってたし、おれ山越え得意だし」

盾師は平然としている。男はうんうんうなり、紙を出した。

「気を取り直すぞ、こんな実力者が二人も来るとは思わなかった、他の街のギルドに入らなかったのか」

「神殿にここに向かうようにって、言われたんだ、だから」

「神殿に？　神殿からの使いか？」

「いや僕、勇者らしくて」

男の眼が落ちそうなくらい開かれた。

「おい、アシュレの迷宮にとうとう、勇者が派遣されるってただの噂じゃなかったんだな」

「噂が流れたっていつからだ」

「数か月前に、帝国からそういう噂が。でもいつまでたっても該当するやつが来ないからガセだと」

「まあ地道に歩いてきたからしょうがない」

アリーズはいい、受付前に座り、どんどん紙に書いていく。

「たてし名前たてしでいい？」

「名前書かなきゃいけないのかよ、書くな」

「おー」

「おい、そっちの盾師は名前ないのか」

「諸事情で」

「無名の障壁か……勇者に持ってこいの盾師を神殿は付けたな」

「いや、こいつをおれが拾った」

「拾われた」

「お前らその謎の感性どこで培った。息が合い過ぎないか」

「数か月、まともに話す相手こいつだけだったし」

「しょうがない部分はあるんだ。ええと、マイクさん。どこか住める部屋を斡旋してくれたりします？」

「勇者を集合住宅に入れるのは面倒な問題を引き起こすからな……ララさんが一軒家を用意してい

た。そこでいいだろ」

「家かー。屋根があるし壁もあるし、よかったね、たてし」

「おう、これで路地裏で寝てくれとかだったら考えちまう」

「お前ら……お前ら……そのぶっ飛び過ぎた感覚やめろ。ん、何で勇者は俺の名前を？」

「だってそこで教えてもらった」

アリーズは受付に立っている名札を示す。ああこれか、とマイクは納得したらしい。

書類はきちんと受け付けられたらしく、すぐさま薄紫のタブレットが渡された。

「これがうちの冒険者だっていう証明だ、なくすなよ」

「わかった」

「家の事は向こうで説明が入るからな」

マイクは常識があちこち穴あきの二人組を、心配そうに見ていた。

それはそうかもしれない。どう見てもひょろすけと子供なのだから。

しかし実力はその予想を大きく裏切るものであり、それはおそらく禍になりうるものだった。

救い主か禍《わざわい》の王かわからない。

マイクはその二人の背中を見送りながら思ったと、後で語る。

そう言う思いを抱かせたといっても、どちらも自覚はなく、ようやく冒険者になった半人前と言う気分なのだろう。

住宅に関する事をまとめる受付で、特例になる家賃なしの物件の事を聞き、悲鳴を上げていた。

「ちょっと待ってください、いくら勇者と言う職が特例だらけの職でも」

アリーズが戸惑うのはもっともで、彼は普通の家庭で育っている。賃貸に家賃が発生するのは当たり前の世界である。

それを、帝国の勇者だから家賃のない物件ですと言われて、喜ぶ前に戸惑うのは道理だ。

「借りている身の上で……何も支払わないでいいと言うのは……ちょっと」

ありえないと言いかけたアリーズを見る盾師。

「金払わないでいいんだろ、いいじゃん」

「普通は払う物なんだって、変なやっかみを受けるよ」

「めんどくせえな街……」

「安心してください」

受付の女性は、落ち着いた声で戸惑う勇者に説明をした。

「各国の勇者は、国の命令で赴くのですから、家賃などは所属する国が支払う形になるのです。……ここで言うのもなんですが、家賃に縛られ、国への忠誠を忘れると、困った事になるものなので」

「困った事？」

想像がつかない盾師に、アリーズはかみ砕くつもりで説明を入れた。

「家賃とかの支払いを優先して、本当の目的である魔王の遺物をいつまでも探さないでいるとか、そういうのは簡単にわかる？　あと国じゃない所に魔王の遺物を渡すようになるとか、これもけっこう困った事になる」

「へえ……」

思いもしないところだったのだろう。盾師が感心した声を上げ、アリーズは支給してもらえる物件を一つ一つ眺めていった。

どれもそこそこ人数を養える間取りで、二人組の自分たちには大きすぎる。

「どれもでかい？」

「大きいよ。これから仲間ができるかもわからないのに、大きな部屋なんて借りられない」

「大きいと装備の調整を広げやすいだろ」

「限度ってものを知っていないね、たてし」

「しらね」

そんなやり取りを聞いて、受付嬢がいくつかの物件を提案した。

その一つが、大きさとしてちょうどいいと思ったアリーズは、そこを借りる事にした。

「そのほかの事で、分からない事がありましたら、ギルドまで」

「今日はいきなりだと言うのにありがとう。今日は飛び切り綺麗におめかしして、彼氏とデートするといいよ。」

「……？」

アリーズの不思議な言動に、彼女は怪訝そうな顔をしたものの、見事に受け流した。

受付という事もあり、変な相手に慣れていたのだろう。

教えられた地図などを道具袋に入れ、アリーズは賭け事を面白そうに眺める盾師を引っ張って、当座の家に向かった。

家は割と細い路地に玄関を持ち、縁側が存在している。周りを見渡せば、そこの日影でおしゃべりに花を咲かせるのが日常らしい。

そう言った人たちを見ながら、鍵を開けて階段を上がる。

「階段上る家なのか？」

「中に階段があるだけ、暑さが紛れてましだと思うよ」

「たしかに。珍しい造りだとは思うぜ」

「それと一階には別の人が暮らしているから、どすどす大きな音を立てて歩き回るのは失礼だからね」

「おう」

分かっているんだかわかっていないんだか、いまいちわからない返事をした盾師であるものの、人を気遣うという事はできるから大丈夫、とアリーズは思う事にした。

◇◇◇◇◇

家に私物を置くようになって数日、旅暮らしからやっと落ち着いた辺りで、盾師はじっとしていられなくなったらしい。

「一か所に座るの辛い……」

「ねぐらが一つって絞られただけでしょ、そんなうずくまってぶつぶつ言うものじゃない」

「慣れない」

「じゃあ、慣れるように仕事しよう！」

「？」

きょとりとした顔の盾師に、アリーズは提案する。

「今日まで大体僕が家の仕事してたでしょう、盾師外を歩き回ってたけど」

「当たり前だろ、周りの地形や路地を覚え込むのはいざって時に役に立つ」

「うん。だから教えるから、暇だったらやろう」

そこからもう、アリーズは盾師が本当に、一般家庭とかけ離れた暮らしを続けていた事を知った。

炊事はできるが、竈を使えない。薪は拾ってくるものだったせいか、薪を割れない。水を水場でくんでくるのはわかっていても、井戸を使う時の共通ルールを知らない。

アリーズは、大きな子供に物を教えている気分にさせられた。

問題も山ほど起こす盾師である。常識の欠落と言うべき場所で、問題を起こすのだ。

「おい勇者、また盾師がやらかした！」

家の扉を叩き、誰かお使いの人が来ると、アリーズは取るものも取りあえず、盾師を回収しなければならなかった。何度料理が中断され、何度洗濯ものが雨に打たれ、何度掃除が滞ったか数えればきりがない。

「今度は何！　井戸に飛び降りたの、それとも排水溝の蓋を剥《は》がしたの、それとも勝手にどぶをさらったの、もしかして人様の家の屋根で昼寝でもした！」

外套片手に、問題の場所まで駆け付け、怒られる盾師と一緒に頭を下げる。

盾師はたいてい、自分の行動の何が問題かわかっていないので、一緒に説教を受け解説をすれば、やらかした、と顔をしかめる事が多い。

そしてきちんと謝り、わび、まっとうな精神を示した。

ちなみに本日は、通りが人込みで通れないという理由で、細い路地を通りまくり、うっかりよそ様の私有地の庭木を折ってしまったらしい。

どこが悪いかわかってない盾師の頭を掴み、地面に擦り付けて一緒に詫びる。

そして隣で説教である。ひざ詰めで説教。怒る所有者と関係者にも怒鳴り散らされ、勇者が何とか怒りをやわらげ、盾師はとにかく謝る事になった。

「これで実力だけ突出してるからもう、何も言えない」

「しゅうちって所は入っちゃいけないんだな」

「君は柵《さく》を何だと思ったの……」

「結界の一部かと思ったけど入れたから、飾りかなって」

ごいんっ、とアリーズはその頭を叩く事になった。もうしょうがない、手が出てしまったのだから。

そして、そんなはた迷惑な事をさんざっぱらやらかした盾師は、半年以上かけて、人間としての良識を、一応覚えるようになった。

そうなると、手がかからなくなり、今度は家の中の事に精を出すようになる。

覚える気になった盾師に、アリーズは友達直伝のあれこれを教えた。

その傍ら、迷宮に潜り、フィールドの依頼をこなし、いつの間にか階級は上がっていた。

同時に、田舎者すぎる盾師と、盾師の制御装置勇者、というコンビは、いつの間にやら有名になっていた。

「お前たち成長したよな……」

感慨深げなマイクが言う。ミッションを受注したアリーズは、頷いて同意した。

「たてしがまっとうに人をやっているようになったから、本当に成長した。もう、気になるってだけでどぶをあさったりしないから」

「勇者の連れがそれだと、かなりひどい事になるからな」

思い出し笑いをするマイクに、アリーズは聞く。

「そうだ、帝都の神殿の方から何かお達しは？」

「ああ、近いうちに仲間を送って来るとか言ってたぞ。遅いよな」

「選ぶのに手間取ったのかもしれない」

「お前とあれの仲間だからな」

マイクが示す先では、盾師が冒険者仲間とダーツ遊びに興じていた。

一見すると、全くアリーズを気にしていないように見える。

だが……

「おい、最近いきがってるっていう勇者見習いはどこだ！」

別の冒険者ギルドの人間が、殴り込みに入ってくると、それが違うと示される。

怒鳴り散らしながら、アリーズを認めて歩み寄って来るさなか、その男の足は止められるのだ。

「まあ、あんちゃん血気盛んだな、落ち着けよ。アリーズ何したんだ」

「お前のせいで連れの彼女が連れを振った！　勇者様より不細工とか言ってな！」

「それがアリーズのせいとは思えないんだけど」

言いつつ、盾師はその男の腰のベルトを掴み、外に引きずっていく。

「離せ、言いたい事はまだまだ」

「逆恨みしてるとみっともないぜー」

ぽいっ。

盾師は自分より大きな男を外に放り投げ、投げる際にうまく体勢を崩したらしい。

着地できなかった男は、地面にぶつけた所が悪く目を回してしまうのだから。

盾師の慣れたこれに、いつでもギルドはやんややんやの大喝采《かっさい》である。

それくらい面白がれるものなのだ。

アリーズはとりあえず、盾師をたしなめておく。

「投げなくてもいいと思わない？」

「あのままだったら刃物振り回してたぜ。片手が鞘《さや》に伸びてた」

肩をすくめる盾師に、アリーズは言う。

「なんだかんだいっても、たてしに助けてもらってばっかりだ」

「そうかぁ？」

盾師はくるりらと目を丸くし、破顔する。

「あんだけ勇者に謝らせてる仲間も、いないと思うぜ！」

「違いない！」

「盾師がまっとうな事言った！」

「自覚あるなら勇者困らせんなよー！」

完全に道化《どうけ》の状態でも、盾師は気にせず、アリーズの書類の方を見る。

「今日のミッション何にした？」

それから数日後だった。

帝都の神殿から、二人の仲間がやってきたのは。そして彼女たちが、帝都の神殿に安置されていたというあるものを、持ってきたのも。

運命が、激変する。

◇◇◇◇◇

一人で神殿を訪れるように、と帝都の関係者を受け入れる神殿に招かれ、盾師を入り口で待たせる事になってしまった。

たった一人の、いままで助け合ってきた仲間を置いていくのは心苦しかったのだ、神殿からの絶対の命令でもあったため、従うしかなかった。

神殿はきれいに掃除されているし、磨き上げられて光るような石でできている。

それらを鑑賞するのも、盾師が隣にいないとつまらない。

盾師は変な事を言いだすから、それが特に楽しみなのだ。それにつたない説明をするのが楽しい。いつでも。

盾師は目を丸くしたり笑ったり怒ったり驚いたり、百面相《ひゃくめんそう》そのものだったから。

「なんだろう」

アリーズは呟く。神殿には、たいてい友達が複数いるものなのだ。

しかしこの神殿では、友達の気配が何もない。

まあ、いるところといない所もあるだろう、と自分を納得させ、案内された扉を開く。

そこでは、二人の冒険者らしき女性と、見た事のある神官が待っていた。

「待たせてすみません」

アリーズは一応、待たせた事に対して言う。礼儀だからだ。

礼儀というものを、アリーズは盾師に巻き込まれる形で叩き込まれた。前はもうちょっと子供らしい自由さがあったが、今はもう少し大人なのだ。

「遅いじゃない、勇者って時間も守れないの？」

軽蔑した口調の武闘家。赤い髪の女性だ。軽装に見えて、装備はアリーズより高価なものをふんだんに使っている。

「落ち着きなさい、ミシェル。勇者様は帝都でも変わった人として知られていたのですから」

なだめるようでありながら、嘲《あざけ》る匂いを感じさせる事を言う治癒師。金髪の、柔らかい曲線の女性だ。

その二人を見て、神官が言う。

「単身アシュレに到着したと聞いて、驚きましたよ。仲間を集《つど》って出発すると思いましたから」

「単身で行けといったではないですか」

「まさか真に受けるとは思いませんでしたよ。神殿はあの言葉で、勇者の勇気を試すだけです」

神殿って変わってるな。アリーズはそう思う事にして、二人の説明を求めた。

「そちらのお二人は？」

「ああ、こちらは武闘家のミシェル。とてもいい動きをする武闘家でして、蹴りを主要な武器にする蹴闘者です。こちらはマーサ。神殿で選び抜いた治癒師でもあります。聖なる術に特化しているんですよ」

神官の言葉を聞き、アリーズは踵《きびす》を返した。

「その能力ならどちらも間に合っているので、お帰り下さい」

「なっ！」

ミシェルは侮辱《ぶじょく》だと顔を赤くする。

「まあ、あなたは今でも単身だと伺ってますが」

「飛び切り腕のいい盾師を組んでるんですよ。常識はあれですけど、優しくて飛びぬけて強い。術という物はできなくても、それを上回る魔法薬が調合できる」

「まあまあ、落ち着いてくださいアリーズ。今日は貴方に渡すものがあってきたのですから」

「渡すもの？」

「ええ。聞けば貴方、今でもそのぼろ剣でフィールドをめぐっているとか。迷宮をめぐっていても不便でしょう。帝国の勇者としてあまりにも……みすぼらしい」

みすぼらしい。それはアリーズの劣等感を刺激する言葉でもあった。

実は、最初に山賊に、勇者としてぼろっちいという事を言われて、結構落ち込んだのだ。

だが慣れ親しんだ武器の方が戦いやすく、成果を上げやすいとあって、いまだアリーズは腰の剣ではなく黒曜石の短剣で戦っている。

あれはきれいだけども、細工物としては前時代的と知っているのもあって、何も言えなかった。

「そんな貴方に、神殿は聖剣を渡す事を決定したのですよ」

神官がそう言い、持っていた物の包みをとる。

「わあ……」

流石のアリーズも、それはきれいな剣だと思った。細工がとてもきれいだったのだ。両手剣で、幅の広い重たそうな剣だが、それ以上に軽やかに見える。

こんなきれいな物を自分が持っていいのだろうか、と思ってしまう物だった。

「これを僕が？　ちょっともったいない気が」

「貴方は〝勇者〟ですから。これを持つべきなのです、そんなぼろ剣ではなく」

どうぞ、と差し出され、アリーズは抵抗なくそれを受け取った。

そしてそれを、握った途端。

さわるな、ありーず！

何か友達の鋭い制止が聞こえたのもつかの間。

（あ、れ……？）

急速に、手足の制御が効かなくなった気がした。自分という感覚が、体のより中の方に押しやられる感覚。ふらりとよろめいた体は、しかしすぐさま立て直される。

「このような剣を貸していただき、本当に感謝しますよ。とても素晴らしい切れ味の様だ」

そして、自分の口から、自分が何も言おうとしていないのに、声が出た。

なんだ？

アリーズは困惑し、自分の言葉を言おうとした。

しかし、その声は何も出ない。明らかな、異常事態。

なんで、なんで、なんで？

大混乱に陥《おち》いる自身とは裏腹に、体と声は勝手に物事を勧め、武闘家の容姿を褒め、治癒師の頼り甲斐を褒めた。

違う、そんなもの言いたくない、僕はいらない、いらない、盾師だけで充分！

アリーズは何とか状況を変えようとするものの、抵抗はまったく意味をなさなかった。

そして、まずい事態になったとわかってしまった。

盾師は無知なのだ。こういった状況を、何かしらの呪いなどだと看破できない。

そして、このなんだかわからない乗っ取った物は、言いくるめるのがうまいようなのだ。

何が原因か。アリーズは考え、手の中の剣を見ながら、そうとしか考えられない事実に至る。

（この剣、おかしいモノだ）

どうすればいい、どうしたらちょっとでも体の自由を取り戻す？

アリーズは思考しながら、己の意に染まない事を次々と行う自分の体とともに、神殿を後にした。

外では盾師が、何か大技を決めたらしい、幼い魔術師と意気投合し、仲間にしたいと言って来た。

そこからはもう、地獄でしかなかった。

なんとかしよう、とした。

必死に足掻いている、と言うのに何も事態が好転しない。

体を取り戻す事も、声を取り戻す事もできない。やっぱり盾師は性格の変貌に違和感を持ってくれたのに、言いくるめられてしまった。

段々と、アリーズと言う思考もぼやけてくるのだが、何とかアリーズは自分をとどめた。

そうして色々な物を見て、どうやらあの聖剣に、何か良からぬものがとりついているのだと感じるようになった。

剣の銘はオーガスレイヤーという物で、古い戦争の際にオーガ族を殺すために鍛え上げられた業物《わざもの》。そして幾多《いくた》の所有者の死をみとり、無念を宿し、オーガ族に憎悪を募らせる剣なのだ。

本当に聖剣じゃないだろう、とアリーズはばらばらになりかける思考で思う。

アリーズの体……便宜上オーガスレイヤーと言うべきか？　はしたい放題で、アリーズが嫌う人殺しを行い、触りたくない女性の肌に触れて、アリーズとは全く違う行動をとる。

そして盾師が、実はオーガとの混血だとあっけらかんと明かした時から、地獄は過酷な物になるほかなかった。

この手が殴る
(いやだ、やめて、いやだ)

この足が蹴る
(よして、だめ、おねがい)

この声が罵倒《ばとう》する
(やだ、やだ、なんで！)

心は絶望に擦り切れかけ、アリーズはだんだんと純化されていく思考回路になりつつあった。

(たてしをここからにげださせる)

どんな方法だっていい。オーガスレイヤーが気に入る追い出し方をすれば、[redacted]してしまう前に、逃げ出してもらえる。

([redacted]させない)

あの日あの時助けてくれた、いつだって陽気に前を向かせてもらったアリーズの盾師。

(いかなる時でも救おうって言ってくれた。嘘だって思わない。でもこいつはあくどい)

知らない盾師を言いくるめるなんて十分できるのだ。

アリーズは好機を待った。研ぎ澄ます感覚で、これを終わらせたら消滅しても無念ではないと思うほど祈りと願いを純化させ、好機を。

シャリアが不慣れな転移術を唱える。盾師が青ざめて引きつっている。

絶望の顔で、オーガスレイヤーは喜悦《きえつ》の顔だ。

だが。

それと同時に、アリーズは狂喜した。

（いまだ！　ともだち、てつだって!!　おねがい!!）

オーガスレイヤーがアリーズの中身をいっぱいにしているせいで、助けに入れない大好きな友達たちに、叫ぶ。オーガスレイヤーがほんの少しだけ、隙を見せたこの一瞬だけが、アリーズにとって一回きりのチャンスだった。

友達はアリーズの現状に悲しみ苦しみ、でもアリーズが透明になるまで透き通らせた願いを、叶える。

友達で、こうなるまでずっと、お互いを大事にしていたのだから。

不慣れな転移術の力を、気付かれないように捻じ曲げる。歪《ゆが》ませ変質させ、本当だったら体がばらばらになる未熟な術に、〝八百万神〟が介入し、ただ飛ばす術に変える。

オーガスレイヤーが、その異変にわずかに気付く。おそらくアリーズが自由を求めたと思ったのだろう。

より内側に、追い立てられる。本当に、奥の方まで。

それで消滅するかもしれない。でも。

（たてし、にげられた）

それでもう、アリーズはなすべき事を終えた達成感で一杯だった。

あとがき

初めましての人も、こんにちはの人も、久しぶりの人も、お前まだやってたのかよの人も。

どうも二巻目になりました、家具付です。

こうして二巻目の事も書くようになるとは、とても感慨深いものがありますね。

この話が書籍として出ている時にはもうとっくに、ウェブの本編はこの二巻目からは想像もできない結末を迎えて終わっています。

何度も書き直し続けてそうなったので、それ以上の結末はきっとないと思っているものですが。

以前一巻で、家具付は望遠鏡を持っているという話をしたと思いますが、やっぱり望遠鏡は優秀です。違う世界を見て回る望遠鏡は、見たままの物を写すために、やっぱり読者や作者が想定していなかったものを見せてきたりします。

それを無理やり修正して、神の手をくわえる、というような真似をすると、話は勢いをなくしてしまうものです。

それが何度も続くと、望遠鏡も双眼鏡も実況中継用のからくりも盗聴器じみたものも、全部壊れてしまいます。

やっぱりそう言う物なんだな、と今回も書きながら思っていました。

さて、そんな話はさておいて。


この話の中で、意外過ぎる人物が大変な物を背負っている事が明らかにされました。それはきっとほかの誰も肩代わりができない物であり、それを持ってる事こそ彼の不運であり不幸でありながら、この上ない幸いだったんだと思う物です。

この事は、実は長い間作者本人にすら明かされていないものでした。

望遠鏡が没になったある個所を映し出してはじめて、その痛々しい事実が明らかにされたわけで、それが見えた時家具付は、は、と硬直しました。ええマジで。

お前そんな物抱えてたのかよ……と遠い目になったほどです。

しかしそれがなかなか作品に出てこなかったため、読者の皆様には色々な思いを抱かせてしまっただろうと思います。

もっと伏線が出ればよかったな、と思いますが、現実でも信じられない事がいきなり起こるのは普通の事なので、伏線がなく突如知る事実と言う物があってもいいかな、と言い訳をしました。

さらに言えば、この話は隠者と盾師の話なので、そこから出て行ってしまった後は、もう望遠鏡は使われないでしょう。

使われたとしても、それは盾師以外の誰かを見ている望遠鏡なのだと思います。

この二巻が出る際に、非常に家具付はぶちぎれぶちぎれ夜中のお電話と言う強硬手段を取りまくり、何とか形になりました。

身内からは、夜中のお電話が一番やばい、お電話しちゃうお前がやばいと真顔で言われました。現代の若者は電話が苦手らしいです。はい。

……それでは、もしも三巻が出た場合には、またこの裏の後書きでお目にかかりたいです。

この本を作るために協力してくださった、全ての人に感謝を。

二月　望遠鏡の修復を行いながら。

家具付

追放された勇者の盾は、隠者の犬になりました。2

2020年3月1日　第1刷発行

著者　家具付

編集協力　株式会社MARCOT

発行者　本田武市

発行所　TOブックス
〒150-0045
東京都渋谷区神泉町18-8　松濤ハイツ2F
TEL 03-6452-5766（編集）
0120-933-772（営業フリーダイヤル）
FAX 050-3156-0508
ホームページ　http://www.tobooks.jp
メール　info@tobooks.jp

印刷・製本　中央精版印刷株式会社

ISBN978-4-86472-919-2